「みて～。
メロンソーダに
アイス入れてみた～」

橘さんの理想の恋愛
「ときは大正時代」
「私は十五歳、
司郎くんは三十歳で
お髭のおじ様です」

橘さんは田舎からでてきたばかりで、
銀座のカッフェで給仕をしているのだという。
「司郎くんは初心な私を見初めて、屋敷に引き取ります。
お作法やお勉強を教えて、どんどん洗練された都会の子にしていきます」
「でも、ある日、司郎くんは気づきます。
私をお人形のように、自分好みの女の子にしてしまっていることに」
「そして……」

「私ね、小さい頃、これに乗るのが大好きだったんだ」
早坂さんと過ごす時間はまるで
陽だまりのような温かさがあった。

わたし、
二番目の彼女
でいいから。
4
volume
four

第28話　桐島《きりしま》事変

「え、頭大丈夫ですか？」

浜波《はまなみ》がいう。

病院の個室でのことだ。

「大丈夫だ」

俺は少し体を起こしてこたえる。

「ちょっと切っただけだから」

髪の毛があって絆創膏《ばんそうこう》を貼れないから、頭に包帯を巻かれている。

「いえ、そういう話ではないんです。そりゃ、少しは心配してますけどね」

私があなたの頭の心配をしたのは、と浜波《はまなみ》はつづける。

「東京駅で！　女子ふたりと修羅場になって！　あげく流血事件を起こすその頭の構造が大丈夫ですか、ってきいてるんです！」

「急にテンションあげてくるよな～」

浜波《はまなみ》は制服姿で花束を持っている。どうやら学校帰りにお見舞いにきてくれたらしい。

「もしかして学校で噂《うわさ》になってたりする？」

「それは大丈夫です。私は桐島《きりしま》先輩がただ入院してるってきいて——」

事情をききに二年の教室にいったらしい。

「でも、早坂《はやさか》先輩は苦笑いするだけだし、橘《たちばな》先輩も気まずそうに目をそらすし……」

そうやって浜波《はまなみ》が廊下で困っていたところ、酒井《さかい》が声をかけてくれたのだという。

「ここの病院に入院していることと、修羅場になって流血したってことだけ教えられました」

酒井《さかい》は早坂《はやさか》さんの友人だから、事情を知っている。

「一体なにがどうなったんですか？」

浜波《はまなみ》が花瓶に花をさし、ベッドわきの椅子に腰かける。

「クリスマスの夜、早坂《はやさか》さんにいわれたんだ。どっちか選んでほしいって」

「とてもいいと思います！」

浜波《はまなみ》が食い気味にいう。

「それが恋愛正常化プロセスというものです！」

「返事は橘《たちばな》さんと旅行にいったあとでいいっていわれて」

「ん〜、まあクリスマスをもらったからその分を公平にしてからってことなんでしょうね。橘《たちばな》先輩を尊重しているようであり、ちょっと西部劇的でもありますね。同じ条件にして、さあ決闘だ、ってことですよね」

「それで俺は橘《たちばな》さんと旅行にいって、最後までシてしまって」

「ん？　は？」

「最後まで、イタしてしまって」

「え、あ、えっと……いろいろといいたいことはありますが、まあ、ここはいったんききましょう」

「その後、ふたりで東京駅に帰ってきたらホームで早坂《はやさか》さんが待っていて」

「うわぁ……」

「早坂《はやさか》さんは俺たちをみて、なぜかすぐにしたことがわかって——」

「どうせ橘《たちばな》先輩がのぼせあがった顔してたんですよ！　感情直列ガール！」

「そしたら早坂《はやさか》さんが、もう桐島《きりしま》くんは選ばなくていいっていいだして」

「どういう理屈ですか？」

「ふたりで約束してたらしいんだ。先に抜け駆けしたほうが俺と別れなきゃいけないって」

「また最初から守れない約束！」

「それで早坂《はやさか》さんが、約束なんだから『別れてよ！』って泣き叫んで、でも橘《たちばな》さんは俺の腕をつかんで離さなくて」

「あ、はい、わかりました。ありがとうございました」

浜波《はまなみ》はそういうと、カバンを肩にかけ、そそくさと立ちあがる。そのまま出口に向かって歩きだそうとするので、俺は制服の袖をつかんでとめる。

「おい、どこにいくんだ、浜波《はまなみ》」

「わかりませんか？　逃げるんですよ！　こわいんです、きくのが！　危ない方向にしかいかないじゃないですか！　わざとですか⁉　わざとやってますよね⁉」

こわいの苦手なんで帰ります、といって浜波《はまなみ》がその場から去ろうとするから、俺はベッドからすがりつく。

「待ってくれ、浜波《はまなみ》ぃっ！」

「はなせ～！」

「俺もいっぱいいっぱいなんだよ！」

「でしょうねえ！」

「きいてほしいんだ、どうしていいかわからなくて、とにかく誰かにきいてほしいんだ」

「このワガママ懺悔《ざんげ》野郎！」

浜波《はまなみ》はそういって俺を振り払いつつも、ため息をついてから、「仕方ないですねえ」といってまた椅子に腰かける。

「ありがとう。浜波《はまなみ》のなんやかんやで優しいところ、すごく助かるよ」

「まあ、私のなかのなにかがツッコミをいれろと囁《ささや》くので。でもその前に――」

といいながら、浜波《はまなみ》が突然、俺のかけていた布団《ふとん》をめくる。

「おい、どうしたんだよ」

「いえ、念のための確認です。誰かいないか」

「いやいや、考えすぎだろ。浜波《はまなみ》と話をしながらベッドのなかで早坂《はやさか》さんや橘《たちばな》さんと抱きあってたりとか、そんなことするはずないだろ」

「え？　やりそうですよ？　やりそうにみえますよ？　あなたたち、ご自身で思ってるよりもかなりアナーキーですよ？」

まあいいです、まずは話をききましょう、と浜波《はまなみ》は傾聴姿勢をとる。

「えっと、俺、どこまで話したっけ？」

「早坂《はやさか》先輩が『別れてよ！』といったところまでです」

「なるほど、では……」

俺は軽く咳払《せきばら》いをしてから、話を再開する。

「あの日のことを、俺は『桐島《きりしま》事変』と名付けたんだが――」

「うるせえ！　とっとと話しやがれ！」

◇

京都は雪だったけど、東京駅は雨だった。

夕方の喧騒《けんそう》と、雨降りの音が立ち込めるホームに早坂《はやさか》さんの言葉が響いた。

「今すぐ、別れてよ！」

　ホームにいた多くの人にその声は届いた。でも、いわれた本人である橘《たちばな》さんは、より強く俺の腕にしがみつくだけだった。気まずそうに目をそらし、俺の胸に額をつける。

　早坂《はやさか》さんは涙混じりの声でいった。

「なんで？　約束じゃん、約束したじゃん」

　橘《たちばな》さんは沈黙したままなにもいわない。でも早坂《はやさか》さんがずっと言葉を待つものだから、やがて消え入りそうな声でいった。

「…………ごめん」

　それが橘《たちばな》ひかりの回答だった。

「謝らなくていいよ」

　早坂《はやさか》さんはなにかをこらえるように、両手のこぶしをぎゅっと握りしめる。

「橘《たちばな》さんのこと責めてないよ。旅行いったらしちゃいそうだなって思ってたし、それでもいいって思ってたし」

　早坂《はやさか》さんの声は震えている。

「約束だけ守ってくれたらいいから。ルールだけ守ってくれたら、それでいいから」

橘《たちばな》さんはさらに俺に寄り添う。つま先まで、ぴったりとくっつけてくる。

「ねえ、なんで？　なんでなにもいわないの？」

早坂《はやさか》さんが、おそるおそるといった手つきで橘《たちばな》さんのコートの袖をつまんで引っ張る。

「なんで、ねえ、なんで？」

橘《たちばな》さんは動かない。

「なんで？　なんで桐島《きりしま》くんから離れないの？　橘《たちばな》さんは桐島《きりしま》くんから離れなきゃいけないんだよ？」

「…………ごめん」

「謝らなくていいからちゃんとルール守ってよぉ、お願いだから約束守ってよぉ」

早坂《はやさか》さんの言葉に嗚咽《おえつ》が混じりはじめる。

橘《たちばな》さんはもう一度、絞りだすように「ごめん」という。

「約束、守れない」

「なんで？　ふたりで決めたことだよ？　なんで守れないの？」

「……しちゃったから」

「そ、そんなの理由になってないよ」

「……でも、しちゃったから。しちゃったら、もう別れるなんてできない。私、司郎《しろう》くんとしかできない。司郎《しろう》くんしか考えられない。共有にも戻れない。どんな女の子も、司郎《しろう》くんに指一本触れてほしくない」

「ほらぁ」

早坂《はやさか》さんの目から大粒の涙がぼろぼろとこぼれだす。

「そうなるから抜け駆け禁止にしたんじゃん。わかってたから、ふたりで約束したんじゃん。なのにさあ、なのにさあ」

早坂《はやさか》さんの表情はもうくしゃくしゃだ。

「しちゃったからっていわれても、わかんないよ。だって私、してないんだもん。全然わかんないよ」

早坂《はやさか》さんがまた、橘《たちばな》さんのコートの袖を引っ張る。

「離れてよ、桐島《きりしま》くんから離れてよ」

「やだ、絶対やだ」

俺にしがみつく橘《たちばな》さん。ふたりとも、どんどん感情的になっていく。

「橘《たちばな》さんのバカ～!!」

「早坂《はやさか》さんのおたんこなす！」

「約束守んないのはダメなんだよ、お母さんがいってたもん！」

「私のお母さんはいってなかったもん！」

「いわないはずないよ、普通いうもん、幼稚園で習うもん！」

「いってたかもしんないけど、もう忘れたもん。それに――」

小競《こぜ》り合《あ》いをするうちに、橘《たちばな》さんがいってしまう。

「私と司郎《しろう》くん『初めて同士』になったんだもん。そうなったら、もうルールとか約束とか関係ないよ。一番大事なもの、あげあったんだもん！」

初めて同士。

もう動かしようのない、逆転しようのない関係性。

これをきいて、早坂《はやさか》さんはついに子供のように大声で泣きだしてしまった。そして嗚咽《おえつ》しながら、途切れ途切れにいう。

「桐島《きりしま》くんはさあ、ど、どっ、うぇっ、きっ、桐島《きりしま》くんはどう思って、るの？」

「俺は――」

「ルールさあ、守らなきゃいけないよね？　約束守らなきゃいけないよね？」

すがるようにみつめてくる早坂《はやさか》さん。一方で、橘《たちばな》さんもいじらしく俺をみあげている。

ふたりが俺にいってほしいことはわかる。でもそれらは決定的にすれ違っていて、だから俺はなにもいえなくて、思わずありきたりなことをいってしまう。

「とりあえず落ち着いて、どこかで話をしよう」

新幹線が着いてから少し時間が経《た》っている。だからホームの人はまばらだ。とはいえ多少は人がいて、当然、通り過ぎるときにこちらをみる人もいる。

けれど、俺のいったことは的外れだったようだ。

「今、そんな話してないよ……」

早坂《はやさか》さんが暗い目をしていう。

「なんで他人の目なんか気にするの？　私ってそんなにみじめ？」

「いや、そういうわけじゃ――」

早坂《はやさか》さんはみじめなんかじゃない。

俺たちは普段、大人にならなきゃいけないとか、他人の目にどう映るかとか、そういうことばかり気にして、感情をストレートに表現することは子供じみてると思って、そうしないように生きている。やがて皮肉をおぼえ、冷静を装《よそお》えるようになり、したり顔をするようになる。

そして素直な気持ちや、最初にあった衝動を忘れていく。

でも早坂《はやさか》さんと橘《たちばな》さんは今、素直な気持ちのまま感情をぶつけあって、本当の会話と呼べる会話をして、その鋭角な感情の激突は鮮烈で美しくもあった。

それなのに俺は身にしみついた思考で、周囲の目を気にしてしまった。

とても、みすぼらしいと思う。

「いつもそういうの気にしてさぁ、そういうのホントどうでもいい。私は今、桐島《きりしま》くんに話しかけてて、それにこたえてもらえないことのほうが、よっぽどみじめだよ……」

俺は謝ろうとするけど、それよりも早く、早坂《はやさか》さんが「もういいよ」という。

「あんまりだよ……ひどいよ、こんなの……ひどいよ……」

早坂《はやさか》さんが背を向ける。

「もう、買ってもらう」

「え？」

「バイトしてるとき携帯の番号渡してきたおじさんに、私、買ってもらう」

「え、ちょ、早坂《はやさか》さん」

「だって、私なんて他に使い道ないもん。買ってくれる人に売るくらいしか価値ないもん。桐《きり》島《しま》くん、私のことみてくれないし、いってることきいてくれないし……うぇ、え、ぇ……」

早坂《はやさか》さんは「うぇ～ん！」と号泣しながら、そのままホームの階段を下りていく。泣きながらもスマホを操作し、「店長、私、今夜シフト入れます」なんて連絡を入れている。

「ちょ、早坂《はやさか》さん！」

「司郎《しろう》くん！」

早坂《はやさか》さんを追おうとした俺の腕を、橘《たちばな》さんがつかむ。

「……い、いかないで。お願い」

うつむいたまま、気まずそうな声でいう。

「司郎《しろう》くんに、早坂《はやさか》さんのほうにいってほしくない。私のそばにいてほしい……」

「でも、もし早坂《はやさか》さんがヤケを起こしてなにかあったら、橘《たちばな》さんもつらいだろ」

「そうだけど……」

「一緒でいいからさ」

「うん……」

俺は右手にしがみついた橘《たちばな》さんをずるずる引きずって階段を下り、左手で早坂《はやさか》さんの手をつかむ。

「ほっといてよ～！」

ダダをこねる早坂《はやさか》さん。でも俺が追いかけてきたことで、一瞬、口をとがらせながらもちょっとだけ嬉《うれ》しそうな顔になる。しかし、俺の反対側の手をみて、また、うわ～んと泣く。

「なんで橘《たちばな》さん連れてきてるの～!!」

「いや、これは……三人で話し合いをしようというか、なんというか……」

「話し合うことなんてないよ、だってもうルールで決まったんだもん！」

「司郎《しろう》くん、ちょっとどいて」

橘《たちばな》さんがムスッとした顔で、早坂《はやさか》さんと対峙《たいじ》する。

「なんで橘《たちばな》さんがついてきてるの？」

「ついてくるよ。ふたりきりにしたら、なにするかわからないし」

「なにかしたの橘《たちばな》さんじゃん！」

早坂《はやさか》さんが胸を張り、マウントをとるように橘《たちばな》さんに押しあてる。

え？　ここで怪獣大戦争はじまんの？

なんて思っているうちに、早坂《はやさか》さんが感情にまかせていう。

「橘《たちばな》さんの……む、むっつりスケベ！」

「す、すけっ！」

橘《たちばな》さんは顔を真っ赤にしながら、心外だとばかりに口元に手をあてて背を反らす。

「だってそうじゃん！　しれっとした顔で、旅行にいって抜け駆けしてさ！」

「そ、それは早坂《はやさか》さんが焦《あせ》らせるからでしょ！　いつもいつも司郎《しろう》くんのこと誘惑して、そ、その——」

橘《たちばな》さんも胸を張って、早坂《はやさか》さんを押し返していう。

「その……ど、どスケベな体を使って！」

「ど、ど、どすっ！　も〜オコッタ！」

早坂《はやさか》さんと橘《たちばな》さんがわちゃわちゃしはじめる。

ホームの階段の途中で揉《も》み合《あ》いをはじめたものだから、俺はふたりのあいだに入って止めようと思い、一歩踏みだし——。

そして——。

自分の足につまずいて、二十七段も転げ落ちたのだった。

◇

「お、お、お、お前が勝手に落ちて流血しただけじゃねえか～!!」

浜波《はまなみ》の声が病室に響き渡る。

「二度と『桐島《きりしま》事変』とか大層な呼称を使うな～～!!」

「厳しいなあ」

「もうツッコミきれませんよ！」

浜波《はまなみ》はひと息つき、椅子に座りなおしてからいう。

「で、体は大丈夫なんですか？」

「頭の傷はなんともなくて、入院してるのは脳震盪《のうしんとう》を起こしたからなんだ」

二十七段も落ちたものだから念のために検査をして、経過観察したほうがいいという話になり、入院することになった。

事情を知った橘《たちばな》さんのお母さん、玲《れい》さんが費用を払ってくれた。

「それでこんな豪華な個室にいるわけですね」

「別に大部屋でもよかったんだけどさ」

なんて会話をしていると、突然、浜波《はまなみ》が黙り込む。

神妙な顔つきで、廊下へとつづく扉をみつめている。

「どうかしたか？」

「浜波《はまなみ》レーダーが反応してるんです」

「なんだそりゃ」

「めんどくさい女の子を察知する探知機です」

そういって、髪の毛をつまんであげる。

「桐島《きりしま》先輩たちと関わるようになって体得しました」

廊下から、ローファーがリノリウムの床を打つ音がきこえてくる。

「むむ、かわいさ指数カウントストップ！　しかし、めんどくさい係数インフィニティ！　これはおそらく早坂《はやさか》先輩か橘《たちばな》先輩のどちらかでしょう！」

「怒られても知らないからな」

病室の扉が開く。

しかし、入ってきたのは早坂《はやさか》さんでも橘《たちばな》さんでもなかった。

ショートカットの、凛《りん》とした雰囲気の女の子。まったく見覚えのない制服を着ている。

俺が首をかしげていると、女の子は気まずそうに視線をそらす。

「ん〜？」

浜波《はまなみ》が目を細めて女の子をよくみる。

「すっきりした顔立ち、猫っぽい目つき、顔の系統はちがいますがどことなく誰かに似ているような……泣きぼくろが右目の下にありますが、左目だと……」

　そこで女の子がぺこりと頭を下げる。

「い、いきなりきてすいません」

　そういいながら、緊張しているのかショートカットの髪を指でくるくるといじる。

　みたことのある仕草。

「お、お久しぶりです……橘《たちばな》みゆきです」

「あ！」

　橘《たちばな》さんの、中学三年生の妹だった。柳《やなぎ》先輩のフットサルに人数合わせに連れてこられて、ひとりでボールを蹴っていた女の子。

「ごめん、すぐにわからなくて」

「いえ、髪を切ったので」

　小さい頃からずっとこんな感じなのだという。

「あのときは陸上部を引退して、ちょっと伸ばしてたんですけど、なんだか自分がよくわからなくなったというか、姉に似すぎていた気がして……」

　ショートになったみゆきちゃんはみずみずしく、ボーイッシュで、いかにも溌剌《はつらつ》とした年下の女の子といった印象だった。

「とりあえず、座る？」

「いえ、大丈夫です。今日はその……謝りにきただけなので……」

「謝る？」

「クリスマスの件です」

「ああ」

あの日、俺は浜波《はまなみ》とホテルのパーティー会場にいって、クリスマスプレゼントを橘《たちばな》さんに渡そうとした。いろいろあって、プレゼントだけ会場に置いて去ろうとしたところ、そのプレゼントをみゆきちゃんがダストボックスに入れた。

みゆきちゃんはそのことをずっと申し訳なく思っていて、玲《れい》さんから俺が怪我《けが》をしたときき、お見舞いも兼ねてやってきたのだという。

「別に気にしなくていいよ、最後はちゃんとお姉ちゃんに渡してくれたんだろ」

翌日、橘《たちばな》さんはしっかりプレゼントのマフラーを巻いてきた。

「でもすごい失礼なことしちゃったなって……私、恋愛のことよくわからないから、柳《やなぎ》さんがいるのにって勝手に怒っちゃって。でも姉は、好きなのは桐島《きりしま》さんだけだっていうし、私変なことしてしまったみたいで……」

みゆきちゃんはうつむきながらいう。

「私、桐島《きりしま》さんのことキライっていっちゃったりもしたし……」

「それはいいと思いますよ！」

浜波《はまなみ》が口を挟む。

「お姉さんをツインテール小学生にしていかがわしいことをしていた男をキライになるのは当然です！　断固支持します！」

いや、あれはどちらかというと橘《たちばな》さんの方から、と言い訳したいところだが、姉としての威厳もあるだろうから、俺は特になにもいわない。

「いずれにせよ、本当にごめんなさい」

みゆきちゃんがうなだれる。とても正しくて、真面目な女の子なんだと思う。

「いいよ、俺、ホントに気にしてないから」

そうですか、とみゆきちゃんが顔をあげる。

「姉のいうとおり、桐島《きりしま》さんは心の広い人なんですね」

「橘《たちばな》さんそんなこといってたの？」

「はい。部屋で一緒に話したんですけど、恥ずかしそうに枕で顔を隠しながら、『司郎《しろう》くんは優しくて、かっこよくて、私の初恋の王子様だから』っていってました」

家族に向かってすごいこというな。

「あ、そうだ、これ。お見舞いに持ってきたんです」

みゆきちゃんがカバンの奥をごそごそとあさり、なにか取りだす。

それは五十円くらいのチョコバーだった。

俺と浜波《はまなみ》の視線がチョコバーに集中したところで、みゆきちゃんが顔を真っ赤にする。

「わ、私もこういうときは花束とか、ちゃんとした菓子折りを持ってきたほうがいいことはわかってます！　でも、その……おこづかい、すぐに使ってしまうので……」

うつむきながら、消え入りそうな声でいう。しっかりしているようで、ちょっと抜けている。

橘《たちばな》さんとどこか似ていて、血統なのかもしれない。

「ありがとう、甘いもの食べたかったんだ」

そういって俺はチョコバーを受けとろうとする。

しかし、みゆきちゃんは派手なお菓子の袋から手を離さない。

「みゆきちゃん？」

「桐島《きりしま》さんって、男の人なんですね」

「へ？」

チョコバーを懸け橋に、俺とみゆきちゃんの指先がふれあっている。でも、みゆきちゃんはそんなこと気にせず、じっと俺の手をみつめていた。

「すごく大きい……」

「あ、うん」

「血管が浮いて、なんだかたくましくて、私の手と全然ちがう……」

「えっと」

「桐島《きりしま》さん、大人の男の人なんだ……」

「みゆきちゃん、俺の声きこえてる？」

「え？　ふぁみっ⁉」

みゆきちゃんは我に返ったようで、あわててチョコバーから手を離した。

「わ、私、なにか変なこと口走ってました？」

「いや、特に」

俺がいったところで、「ごほんっ！」と浜波《はまなみ》がわざとらしく咳払《せきばら》いをする。そして目を細め、なんともいえない表情でいう。

「ところで、みゆきちゃんは中学三年生ですよね？」

「は、はい」

「受験に向けて忙しい時期なんじゃないですか？」

「今日もこのあと塾にいきます」

「ここで油を売っていていいんですか？」

「たしかにそのとおりです。桐島《きりしま》さんの負担になるわけにもいきませんし……」

失礼しました、とみゆきちゃんは丁寧に頭を下げ、なぜか小走りで部屋をでていった。

「おい、ちょっと感じわるかったぞ。追いだしたみたいで」

「いいんですよ」

浜波《はまなみ》レーダーです、といって、また髪の毛をつまんで立てる。

「桐島《きりしま》先輩もみゆきちゃんも、私に感謝するときがきますよ」

「なんだそれ」

まあ、そんなことより、と浜波《はまなみ》はつづける。

「どうするんですか？」

早坂《はやさか》先輩と橘《たちばな》先輩。

私、わかるんですよ、と浜波《はまなみ》はいう。

「さっき話した桐島《きりしま》事変、あれ、脚色してますよね？　ホントはもっと、ひどいことがあったんじゃないですか？」

◇

退院後、初めて登校する日のこと。

俺は少し迷ったけど、早坂《はやさか》さんがクリスマスにくれたニット帽をかぶって家をでた。俺たちの関係がどうなったのかはわからない。

いずれにせよ、早坂《はやさか》さんと橘《たちばな》さんが俺を共有するモラトリアムは終わった。

『あれ、脚色してますよね？』

病室で浜波《はまなみ》はいった。そのとおりだ。

東京駅で起きた後半の出来事を、俺はデフォルメして、ポップでキャッチーにして、一部出来事を省略して話した。本当は、もっと激しかった。

ふたりは鋭い感情をぶつけあって、互いに深く傷つけあった。

早坂《はやさか》さんは声が嗄《か》れるほど泣いたし、橘《たちばな》さんも普段からは想像できないほど声を張っていた。

俺が階段から落ちたことで強制的に中断したが、その決着はまだ着いていない。そのつづきを、これからやらなければいけない。そう思うと、学校へ向かう足取りは重い。

入院中、ふたりとは会わなかった。気にしなくていいと俺がいった。脳震盪《のうしんとう》を起こして意識が朦朧《もうろう》としながらも、ふたりがショックで取り乱す姿が目に焼き付いていた。早坂《はやさか》さんは感情を失ったように呆然《ぼうぜん》としていたし、橘《たちばな》さんは髪をかきむしるように動揺していた。

平気だから、すぐ退院するから、だから安心してほしいとメッセージを送った。

早坂《はやさか》さんからは一度、着信があった。ずっと泣きながら謝っていた。

橘《たちばな》さんからは「ごめん」とだけメッセージがあった。玲《れい》さんの話では、部屋に閉じこもって塞ぎ込んでいるとのことだった。

校門をくぐって、下駄箱《げたばこ》に靴を入れる。

どこかで時間をつくって、三人で話し合いをしようと思った。俺がどちらかを選ぶ話がまだ残っているのか、それとも彼女たちで決めるのか、まずは現状を確認して、今度は感情が激突しないように、慎重に——。

そんなことを考えながら教室に入っていったときのことだ。

クラスメートたちの視線が、俺に集中する。退院を祝ってくれる感じじゃない。戸惑っていたり、どこかしらじらしかったりする。そんな彼らの輪の中心には早坂《はやさか》さんがいた。

「桐島《きりしま》くん！」

早坂《はやさか》さんは満面の笑みを浮かべながら、俺に近寄ってくる。

「退院おめでとう、ずっと寂しかったんだよ！」

「いや、それよりこの感じ……どういうこと？」

クラスメートたちは怪訝《けげん》な顔で俺たちのことをみている。その視線を察して、早坂《はやさか》さんがすねたようにいう。

「みんな全然、信じてくれないの」

「なにを？」

「私と桐島《きりしま》くんが付き合ってること」

「え？」

「みんな、桐島《きりしま》くんと橘《たちばな》さんが付き合ってると思ってるの。おかしいよね？　私がクリスマスに指輪もらったっていっても全然信じてくれなくて。だからね、桐島《きりしま》くんが登校してきたらその証拠みせる、っていってたの。ねえ桐島《きりしま》くん、今からみんなの前で——」

「ちょ、ちょっと待って」

俺はいったん早坂《はやさか》さんを廊下に連れだす。早坂《はやさか》さんは「彼氏に呼ばれちゃった〜」とにこにこ顔でついてくる。廊下だとまだみなの目があるので渡り廊下までいってから、俺はきく。

「みんなに、俺と付き合ってるっていってるの？」

うん、と早坂《はやさか》さんは元気よくうなずいていう。

「桐島《きりしま》くんが選んでくれて私、ホントに嬉《うれ》しかったんだよ」

「えっと、その話だけど」

「贅沢《ぜいたく》いうと、抜け駆け禁止のペナルティを使うんじゃなくて、もっとストレートに選んでほしかったけど、えへへ」

「いや——」

俺そのルール知らなかったんだけど、という前に、早坂《はやさか》さんが「それでも私、感動しちゃった」とつづける。

「私ね、桐島《きりしま》くんに好きでいてもらえるようにがんばるね。あ、大丈夫だよ。がんばりすぎないから。だって、無理したら桐島《きりしま》くん心配しちゃうもん」

でもダメだよ、と早坂《はやさか》さんは笑う。

「私のことがいくら大事だからって、橘《たちばな》さんで処理したりしちゃ」

「えっと、早坂《はやさか》さんがいってることとって、つまり……」

「桐島《きりしま》くんは責任とれる大人になってから、私とそういうことをしようと思ってるんでしょ？　そうだよね、私たち高校生だし、なにかあったら大変だもんね。でも、十代の男の子はやっぱり、そ、その、そういう衝動…があって……」

早坂《はやさか》さんは頬を赤く染め、恥じらいながらいう。

「それで、橘《たちばな》さんで処理しちゃったんだよね？　あ、大丈夫だよ。私なにも気にしてないよ？　だって私の体を大切に想《おも》ってくれてのことだもん。それに私、重い彼女にはなりたくないもん、そんなことでめんどくさいこといったりしないよ」

でもね、と早坂《はやさか》さんは両手で俺の手を握っていう。

「やっぱり橘《たちばな》さんがかわいそうだよ。女の子をそういうふうに扱っちゃ」

だから——。

「きっぱり別れてあげてね。ちゃんと、もう気持ちはないって伝えてあげてね。約束だよ？」

第29話　健全早坂《はやさか》さん

俺たちの通う高校は進学に力を入れている。だから三年生は三学期になると週に一回の登校日の他は学校にやってこない。だから年が明けると学校が静かになる。

「私は特に思い入れのある先輩とかいないけど」

閑散とした中庭をみながら、酒井《さかい》がいう。

「それでも少し寂しいね」

放課後、教室でのことだ。

掃除当番で、机を拭いていた。他にも当番の生徒はいるが、廊下を雑巾がけしたり、ゴミ捨てにいったりして、教室にいるのは俺と酒井《さかい》だけだった。

「次は私たちが三年生だね。進路希望書いた？」

「文系ってとこまでだけ」

「将来のイメージとかある？」

「難しい」

昼休み、生徒会長の牧翔太《まきしょうた》が、教室で送辞の原稿をつくっていた。在校生が、卒業生に贈る言葉。牧《まき》の筆は『夢に向かってがんばってください』と書いたところで止まっていた。

そして、いつになく感傷的にいったのだ。

『もう小学生の頃みたいにデカい夢語るのもリアリティないよな。そこまで子供じゃないし。かといって現実に妥協するにはまだ若い気もする』

そのとおりだ。

十七歳の俺たちはそろそろ将来のことを考えなくちゃいけなくて、でも大人になりきれなくて、いろいろ難しい。

「将来の目標を定めて、そこから志望学部を決めるのがいいんだろうけど、地に足をつけた実現可能そうな目標を賢く選ぶ感じになりそうで、それもどうなのかなって」

「ふうん、いろいろ考えてるんだね。でも今、本当に大事なのはさ――」

酒井《さかい》はとても真面目なトーンでいう。

「やっぱ恋愛でしょ」

「ストレートにきたな」

「恋のほうが絶対大事だって」

酒井《さかい》は、学校ではメガネをかけて前髪をおろし、地味な女の子を装《よそお》っている。しかし本当は恋多き女の子で、とても自由な恋愛をしている。

「あかね、完全に桐島《きりしま》の彼女になったたって思い込んでるね。そう考えないと、受け止められないんだろうね」

早坂《はやさか》さんの認識は歪《ゆが》んでいる。

俺は、抜け駆けしたほうが俺と別れるという早坂《はやさか》さんと橘《たちばな》さんのあいだで決めたルールを知らなかった。でも早坂《はやさか》さんのなかでは、俺がそのルールを知ったうえで橘《たちばな》さんとそれをしたということになっていた。

ルールを知ったうえで橘《たちばな》さんとしたということは、橘《たちばな》さんと別れ、早坂《はやさか》さんを選んだということになる。

それはどこまでいっても、早坂《はやさか》さんだけが信じる現実でしかない。でも――。

「今のあかね、かわいいでしょ?」

酒井《さかい》がいう。

「ちゃんとした彼女だったら、ああいう感じってことだよ」

酒井《さかい》のいうとおり、普通の彼女になったと信じる早坂《はやさか》さんは明るくて、屈託がなくて、かわいかった。

授業中に目が合えば「えへへ」と笑うし、廊下ですれちがうときは女子の集団のなかから小さくピースサインをする。移動教室のときは、追い越しざまに「ど~ん!」といって軽くぶつかってきたりする。

照れた感じで、控えめで、でも、小さな仕草のなかに特別な親しみがある。周囲にアピールすることもなければ、過剰なところもない。

俺と早坂《はやさか》さんが普通に付き合っていればありえたかもしれない未来があった。

「あかねにホントのこといえる？」

「何度かいおうとした」

でも、いえなかった。幸せそうな顔をしている早坂《はやさか》さんに「それ、まちがってるよ」とはいえなかったのだ。

「本人も心の奥底ではわかってるとは思うけどね」

酒井《さかい》はいう。

「あと、あかねの評判、ちょっとわるくなってるよ」

文化祭の一件で、俺と橘《たちばな》さんは全校生徒公認の恋人になっている。

今の早坂《はやさか》さんは、彼女持ちの男子に色目を使う女の子に映ってしまっている。

「前とちがって、やりすぎないところに妙なリアリティがでちゃってるんだよね。まあ、本人は自分が桐島《きりしま》の彼女って思ってるから当然なんだけど、ほら、女子って他人の男にちょっかいかける女子のこと好きじゃないからさ。それに橘《たちばな》さん、女子人気高くなったでしょ？　みんな橘《たちばな》さんの味方したいんだよね」

早坂《はやさか》さんの態度に対して、首をかしげる女の子たちがでてきているらしい。

また、早坂《はやさか》さんは清楚《せいそ》なアイコンとして扱われているから、現状を知られたら、幻想を抱いていた多くの男子たちもその反動でなにをいうかわからない。

今のところ、休み時間に俺とベタベタしすぎる空気になると、酒井《さかい》がやってきて、早坂《はやさか》さんの襟をつかんでずるずると引きずってどこかへと連れ去ってくれる。

そのときの早坂《はやさか》さんは、「なんで〜？　あやちゃん、なんで〜？」とジタバタしながら、本当にわからないという顔をしている。

「で、どうするわけ？」

酒井《さかい》がいう。

「橘《たちばな》さんは初めて捧《ささ》げて絶対引かない。あかねは現実曲げて、自分の評判落としながらも彼女になったつもりでいる。けっこうまずいと思うけど」

そのとおりだ。でも俺だって無策というわけではない。

「桐島《きりしま》ソフトランディングプランを実行する」

「ん？　もう一回いってみて」

「桐島《きりしま》ソフトランディングプラン」

この恋を軟着陸させるための計画。

「それ、具体的になにすんの？」

「ふたりに冷たくする。嫌われるように」

「恋の熱が冷めて、修羅場にならないって計算？」

ちなみにこの計画は、病室で浜波《はまなみ》にも説明済みだ。

『学びがない！』

浜波《はまなみ》は絶叫していた。

『先輩の計画が上手《うま》くいったことなんてないでしょ！』

酒井《さかい》もかわいそうな子をみるような目で俺をみる。

「そのＩＱゼロの計画、ホントにやるの？　結果、先に教えてあげようか？」

でも酒井《さかい》は俺の本当の意図を察したようだった。

神妙な顔つきになり、あごに手をあてて、少し考えてからいう。

「もしかして、それ、別れの予行演習？」

◇

誰にも語っていない東京駅での真実がある。

それを考えれば、俺たちの恋はもういきつくところまでいってしまっていた。

だから俺は退院して、登校してからすぐ、ふたりを別々の場所に呼びだしていった。

「俺、ちゃんと選ぶよ。クリスマスにいったみたいに」

でも、彼女たちは話を全然きかなかった。

「桐島《きりしま》くんはちゃんと私を選んでくれたよ？」

ありがとね、と早坂《はやさか》さんは幸せそうに笑った。

橘《たちばな》さんは、話の途中で抱きついてきた。

「私、もう司郎《しろう》くんの女の子だよ。選ぶ以上のこと、司郎《しろう》くんはしてくれたんだよ」

結局のところ、俺がどちらかをめちゃくちゃに傷つけて、切り捨てて、そうすることでしかこの恋の結末は訪れないのだと思った。

相手に冷たくするという桐島《きりしま》ソフトランディングプランは、別れに向けた準備だった。俺の好感度が下がっていれば、ふられてもさほどショックを受けないかもしれない。

そしてこれは、俺が女の子を傷つけるための予行演習でもあった。

「そんなことといって、ずるずるいっちゃうんじゃないの？」

あの日、放課後の教室でプランについて説明したあと、酒井《さかい》にそういわれた。だから俺は、期限を決めた。

「スキー学習をリミットにする」

俺たちの高校では受験に集中するため、三年生に学校行事はほとんどない。二年生の三月初旬にあるスキー学習が最後のイベントになっている。

「なるほどね、ふたりの将来を思えばこそ、か」

早坂《はやさか》さんの学力からいえば難関大学が視野だし、橘《たちばな》さんに至っては入るのが最も難しいとされる芸大で、ピアノの実技試験まである。

三年生になる前に、決着をつけるべきだ。ふたりの未来が幸せであってほしい。

「どんな状況でもスキー学習の最後の夜には選ぶつもりだ」

「選ばれなかったほうをめちゃくちゃ傷つけることになったとしても？」

「ああ」

誰も選ばず、全員バラバラになることも考えた。でも誰かが不幸になるならみんなで不幸になりましょうというのは、ひどく欺瞞的《ぎまんてき》に思えたし、これまでの彼女たちの感情をないがしろにするものでしかない気がした。

「どっちを選ぶつもり？　どっちを傷つける？」

「それは――」

とても難しい問題で、ふたりに冷たくしてソフトトランディングプランを実行しながら決めるつもりだった。どちらかひとりが俺のことを嫌いになって離れていく場合もあるだろうし、プランが効きすぎてふたりともいなくなる可能性すらあった。でも、それでもかまわなかった。

これ以上、この現状をつづけることはできない。

「桐島《きりしま》、ホントに終わらせる決意したんだね」

「ああ」

「まあ軟着陸できるかがんばってみなよ」

「どうせ最後はハードランディングになると思うけどさ」

酒井《さかい》がいう。

◇

俺はさっそく桐島《きりしま》ソフトランディングプランを実行に移すことにした。別れに向けて相手に冷たくするという大変ひどいアクションではあるが、決めたからには暗い気持ちでやっても仕方がない。とても前向きに、ポジティブに実行するべきだ。

「桐島《きりしま》くん、お弁当つくってきたよ〜」

昼休み、早坂《はやさか》さんがランチボックスを持って俺の席にやってくる。早坂《はやさか》さんは自分が彼女だと思い込んでいるので、怪訝《けげん》な顔をするクラスメートたちのことなんか気にしない。

いつもなら早坂《はやさか》さんの手を引いて人目のない場所に逃げるところだが、そういうことをするからずるずるいってしまう。だから俺は毅然《きぜん》とした態度でいう。

「俺、購買のパン食べたいから」

早坂《はやさか》さんの目の前で立ちあがり、購買へいく。パンを買って戻ってきてみれば、早坂《はやさか》さんは自分の席で机の上に置いたランチボックスを悲しそうな目でみつめていた。教室に戻ってきた俺をみると、表情を明るく切り替えて、けなげにいう。

「桐島《きりしま》くんに美味《おい》しいって思ってもらえるよう、明日からもっとがんばるね！」

俺の体は勝手に動いていた。

早坂《はやさか》さんの席へいって、ランチボックスをピックアップする。

「晩ご飯に食べていい？」

「……えへへ、ありがと」

やっぱり早坂《はやさか》さんは笑ってるほうがいい。

「みて～桐島《きりしま》くん、買ったの～」

ある朝、通学路で早坂《はやさか》さんが話しかけてきた。みれば、カバンにかわいらしいぬいぐるみのキーホルダーをつけている。

「私、このキャラ好きなんだ～」

「俺は嫌いだな」

とても冷たくいいはなつと、翌日から早坂《はやさか》さんはキーホルダーをつけてこなくなった。

教室で俺がその寂しくなったカバンに目をやると、早坂《はやさか》さんはなんともいえない無理やりつくった笑みを浮かべた。

その次の日、俺は気づけば、早坂《はやさか》さんが好きといったキャラクターのぬいぐるみキーホルダーを二色用意していた。一つを自分のカバンにつけ、もう一つを早坂《はやさか》さんに手渡す。

人気のない帰り道でのことだったから、早坂《はやさか》さんは感情を爆発させて俺に抱きついてきた。

「ありがとう！　一生大切にするね！」

俺は軟弱野郎だ。まったく早坂《はやさか》さんに冷たくできない。一瞬できたとしても、すぐにフォローしようと体が勝手に動いてしまう。

ダメだ。もし橘《たちばな》さんを選ぶことになれば、もっとひどく早坂《はやさか》さんを傷つけるのだ。けれど、俺はもう早坂《はやさか》さんに冷たくすることはできないんじゃないか。そう確信してしまう出来事が起きる。

ある日、電車で一緒に帰っていたときのことだ。

「それでね、二回も観《み》ちゃったの！」

「俺、その映画つまらないと思うな」

こりずに、早坂《はやさか》さんが面白かったといった映画を、評論家気取りで批判した。自分でもひどいやつだと思った。でもそんなにひどいことをいっても、早坂《はやさか》さんは俺に対する好感度を絶対に下げないのだった。

「ごめんね、私、知識もセンスもないから、ああいうので面白いって思っちゃうんだ。でも、もっと勉強するね。桐島《きりしま》くんと同じように、あの映画がつまんないって思えるようになるくらい、勉強するね」

もうダメだ。こんな寂しそうな顔をする早坂《はやさか》さんをみるくらいなら、アホみたいに早坂《はやさか》さんに優しくして、スポイルするくらい甘やかしたい。

そう思ったら、口が勝手に動いていた。

「俺も予備校通おっかな」

「え？」

早坂《はやさか》さんの表情が明るくなる。早坂《はやさか》さんは夏からすでに通いはじめていて、ここ最近、「桐《きり》島《しま》くんと一緒に通いたいな～」と、それとなくいってていたのだ。

「まあ、そろそろ本腰入れて勉強しようと思ってたし」

「いこ」

「え？」

「今からいこ。ちょうどこのあと授業あるし。体験授業で参加させてくれるよ」

俺の腕にすがりついてくる早坂《はやさか》さん。

予備校は学校の人間関係と隔絶している。そこでなら早坂《はやさか》さんも、正式な彼女として振る舞うことができる。そんな計算が働いて、俺はいってしまう。

「いいよ、いこう」

桐島《きりしま》ソフトランディングプランが、早坂《はやさか》さんに敗北した瞬間だった。

◇

予備校には、モチベーションの高い人たちが通っているイメージがある。ストイックに勉強に集中していて、人間関係も希薄な印象だ。

実際、初めて入った校舎は静かで、空気はひんやりとしていた。

でもそこはやっぱり同年代の集まりだし、早坂《はやさか》さんは愛想《あいそ》もいいから、他校の生徒たちとも仲良くしているようだった。早坂《はやさか》さんに手を引かれて教室に入っていくと、普段仲良くしているらしい女の子の集団が声をあげた。

「え、もしかして、早坂《はやさか》さんの彼氏さん？」

「うん、桐島《きりしま》くん」

「すご〜い！」

「どうも、桐島司郎《きりしましろう》です」

俺が軽く挨拶を交わしていると、早坂《はやさか》さんが「桐島《きりしま》くんはこっち！」といって、背中を押してみんなから引き離す。

「もうちょっとちゃんと自己紹介してもよかったんじゃないのか」

「だ〜め！」

座るところは自由らしい。早坂《はやさか》さんは俺を一番後ろの角の席につれていく。

「なんで？」

「だって、みんな勉強とか習い事を一生懸命してきた真面目な子たちなんだもん。男の子に耐性ないから、桐島《きりしま》くん程度のメガネでもかっこよく感じちゃって、ころっといっちゃうかもしれないもん。そうなったら大変でしょ？」

「全方位に失礼なんだよなあ」

授業がはじまる直前まで、早坂《はやさか》さんの知り合いがやってきては、興味津々《きょうみしんしん》といった顔つきで、「真面目そうな彼氏だね」などと声をかけていった。早坂《はやさか》さんは照れながら、「うん」とうなずいていた。

「もう、みんなったら」

早坂《はやさか》さんは困ったように笑いながらいう。

「恋愛のことになるとすぐ舞いあがっちゃうんだから」

「あ、うん」

「予備校は勉強しにくるところなのにね！」

「そ、そうだな」

みんな一つずつ席を空けて着席しているが、早坂《はやさか》さんはしっかり俺のすぐとなりに腰かけている。

「学生の本分は勉強だよね！　恋に騒いでちゃダメだよね！」

いろいろと思うところはあるが、授業がはじまれば早坂《はやさか》さんは真剣な表情でノートにシャーペンを走らせていたし、ちゃんと切り替えはできているのだろう。

俺も授業に集中して黒板に書かれた数式にとりかかる。

ここはメガネキャラとしてさらっと解いて、「さすが早坂《はやさか》さんの彼氏！　すごい！」といわれたいところだ。しかし——。

思いのほか難しくて手が止まってしまう。

周りをみればみな平然とシャーペンを動かしている。

かなり焦《あせ》る状況だ。

でも、あきらめるわけにはいかない。俺は少年時代から勉強だけが取り柄だった。やるんだ、桐島《きりしま》司郎《しろう》、ここでやれなきゃ俺はただのひょろひょ——。


「仕方ないよ、受験コースだし、学校よりも先に進んじゃってるもん」

帰り道、早坂《はやさか》さんに慰められる。外は真っ暗だ。

「しかし、ここまでできないとは……」

「うん、このままだと桐島《きりしま》くんの数少ない取り柄がなくなっちゃうね。ただのひょろひょろメガネになっちゃうね」

「フォローする気ある？」

「でも大丈夫だよ、桐島《きりしま》くんならすぐにできるようになるよ」

早坂《はやさか》さんはぐっと拳を握りながらいう。

「ていうか、早坂《はやさか》さん全部解いてたよな」

「うん、最近がんばってるんだ。だって、桐島《きりしま》くんと付き合って成績落としちゃったら、あの彼氏がよくないとかみんなにいわれちゃうもん。そんなのヤなんだ。だって、桐島《きりしま》くんは最高の彼氏だもん。これは良《い》い恋だもん。だから私、いっぱいがんばるの！」

早坂《はやさか》さんは励ますように明るい声でいう。

「私にできることは桐島《きりしま》くんにもできるよ。家で復習、まずは数学！」

「数学！」

「数学！」

早坂《はやさか》さんが明るく合いの手を入れてくるから、俺もリズミカルに連呼する。

「よし桐島《きりしま》くん、そこでラップだ〜！」

「え〜」

いや、そんな楽しそうな顔でみられても、できないものはでき——俺にまかせろ。

「数学！　できないとわかったことが収穫、遊んでるヒマはないぜ週末！」

「英語！」

「英語！　できなきゃ受験はチェック・メイト、洋画で勉強へイトフル・エイト！」

そこから全教科で韻をふんだ。ひととおりラップし終わる頃には、俺は早坂《はやさか》さんの明るいテンションにあてられて、すっかり元気になっていた。

「なんか励まされちゃったなあ」

「えへへ」

早坂《はやさか》さんは照れた顔をする。そして俺の腕をつかむと、つま先だちになって、俺のほっぺに口づけをした。

「がんばってね、桐島《きりしま》くん」

それは応援のキスだった。

手をつないで、一緒に歩く。繁華街の光が夜の街をいろどっている。

早坂《はやさか》さんの吐く息は白い。制服の上からコートを着て、マフラーを巻いて、いかにも冬の装《よそお》いだけど、早坂《はやさか》さんの周りはポカポカと暖かい空気が漂っているようだった。

「桐島《きりしま》くん、大好きだよ」

そういいながら、くっついてくる早坂《はやさか》さん。

「これからも一緒にいてね」

「ああ」

俺はうなずいていた。

今の早坂《はやさか》さんは、自分が選ばれたという思い込みによってつくられている。けれど、まちがいなく、明るくてかわいらしい、一〇〇パーセントの彼女だった。

俺はこんな幸せそうな顔をしている女の子を傷つけることができるだろうか。別れをきりだして、他の女の子を選んだといえるだろうか。

スキー学習の夜には必ず結論をだす。その決意は変わってない。

でも今は――。

この幻みたいな早坂《はやさか》さんに溺れることにした。

◇

俺と早坂《はやさか》さんのほんわか彼氏彼女生活は予備校が中心だった。授業が終わって駅に集合して、予備校にいって一緒に勉強する。かなり真面目なふたりだ。

カフェで大学選びの本を開いたりもする。

「私、もう第一志望決めたよ。桐島《きりしま》くんは？」

「まだなんだ。学部も決めてない」

「将来やりたいこと考えたら、自然に決まるんじゃないかな」

以前とはちがって、早坂《はやさか》さんは俺と同じ大学に通いたいとか、そういう気持ちはないみたいだった。

「桐島《きりしま》くんの意志が優先だもん。別々になるのが普通だよ。でも私がいないからって、浮気《うわき》しちゃダメだよ〜」

紅茶のカップを両手で持ちながら、おどけたトーンでいう。

早坂《はやさか》さんは完全に、健全な女の子だった。いってることは正しいし、前みたいに無理に俺に合わせてブラックコーヒーを飲むこともない。

過激なことも一切しなくなった。

「大人になったらしようね」

そういうのだ。原因はやはり俺と橘《たちばな》さんがしたことだった。俺が早坂《はやさか》さんとしてないのは、俺が早坂《はやさか》さんの体を大事に想《おも》っているから。橘《たちばな》さんとしたのは、橘《たちばな》さんの体を雑に扱ってそういう衝動を処理したから。早坂《はやさか》さんのなかでは、そのように処理されていた。

逆説的に、今してしまうと、大切にされてない。もしくは橘《たちばな》さんに後れをとったことを認めることになる。だから、早坂《はやさか》さんはとても潔癖になっていた。

早坂《はやさか》さんは今まで自分が否定してきた、いい子の価値観を身にまとっていた。

手をつなぐだけ、腕を組むだけ。

「キスはほっぺまでね」

笑いながらいう早坂《はやさか》さん。俺はそれで全然よかった。体が目当てじゃない。

俺たちは仲良しふわふわカップルで、デートでいきたい場所のリストをつくって、順にまわっていった。早坂《はやさか》さんのリクエストは動物園や水族館のようなほのぼのしたものが多かった。突然ライオンが吠《ほ》えて俺の後ろに隠れる早坂《はやさか》さん、イルカに水をかけられてびしょ濡《ぬ》れになる早坂《はやさか》さん。ラーメン店にもいきたがるから、連れていってあげた。野菜がいっぱい盛られているタイプの店で、いろいろと注文の仕方があるからそれも教えてあげた。

「こういうデートでよかったのか？」

「うん、だってこういう店初めてだもん」

ラーメン店や牛丼チェーンに入ったことのない女子はそれなりにいるらしい。

「つゆだくって、こういうことだったんだね」

牛丼チェーンで初めての牛丼を食べた日の帰り道、早坂《はやさか》さんがいう。

「でもラーメンとか牛丼で喜んじゃう私って、ちょっと安上がりな女の子かな？」

「これからもその調子で頼むよ」

「すっごく高いブランドのカバンとかねだっちゃおうかなぁ！」

早坂《はやさか》さんと過ごす時間はまるで陽だまりのような温かさがあった。

とても穏やかで、安心感がある。

彼女の魅力が最高潮に達したのは、週末、土曜日のことだった。

その日、予備校で模試があった。全科目終了し、くたくたになって校舎をでる頃には日が傾きはじめていた。そこで早坂《はやさか》さんがいったのだ。

「ずっと桐島《きりしま》くんといきたいって思ってた場所があるんだ」

ついていってみれば、そこはデパートの屋上広場だった。子供が遊べるように人工の芝生が敷かれ、小さな滑り台などの遊具が置かれている。

「小さい頃、よく家族できてたんだ」

夕方だから、ほとんど人はいない。

「私のお気に入りはこれ」

それはパンダカーと呼ばれる、パンダの乗り物だった。四本の脚でのそのそ歩くあれだ。

「古くなっちゃったなあ。前はもっときれいだったんだよ」

一緒に乗ろ、というので、俺たちはパンダの背中にまたがった。早坂《はやさか》さんが前で、俺が後ろ。硬貨を入れたところで、パンダがゆっくりと動きだす。

「私ね、小さい頃、これに乗るのが大好きだったんだ」

子供の頃ってお父さんとお母さんに守られて、愛されて、すごく幸せだよね、と早坂《はやさか》さんはいう。

「あのときの幸せな気持ちとか、包まれてる安心感とかって、大人になるにつれてなくなっていくよね。懐《なつ》かしさだけが残ってさ。ああいう幸せな時間ってもうこないって思ってた」

でもちがったね、といいながら早坂《はやさか》さんは俺をみる。

「桐島《きりしま》くんといると、あのときみたいな幸せな気持ちになれるんだ。すごくあったかくて、安心で。ありがとね、桐島《きりしま》くん」

にっこり笑う早坂《はやさか》さん。

俺は思わず早坂《はやさか》さんを抱きしめていた。

「えへへ、桐島《きりしま》くんが優しくてうれし〜」

早坂《はやさか》さんは、自分の大切な思い出のなかに俺を入れてくれたのだ。

そして理解した。俺はこれまで、早坂《はやさか》さんの好きという気持ちに頭からつま先まで浸《つ》かっていた。そして早坂《はやさか》さんもまた、俺からの好きという気持ちに頭からつま先まで浸《つ》かりたいと願っているのだ。

だから、今こそ俺の好きという気持ちを早坂《はやさか》さんに惜しみなく注ぐときだと思った。

そうすることなんて簡単だ。

俺はこの屈託なく笑う早坂《はやさか》さんが好きだ。腕にさらに力をこめる。

「桐島《きりしま》くん苦しいよ〜」

笑いながら、もたれかかってくる早坂《はやさか》さん。

「俺もうちょっと早坂《はやさか》さんといたいんだけど」

「いいよ」

「門限は？」

「桐島《きりしま》くんと一緒だったらお母さん、なにもいわないよ」

早坂《はやさか》さんのお母さんの俺に対する評価は非常に高いらしい。真面目そうだし、早坂《はやさか》さんが俺と付き合うようになって、勉強を一生懸命するようになったからだという。

「桐島《きりしま》くんにまた会いたいっていってたよ」

早坂《はやさか》さんからは幸せの香りがした。一緒になれば人生が上手《うま》くいく。ルックスがよくて、真面目で、一途《いちず》で、愛想《あいそ》がよくて、家庭的。結婚するなら早坂《はやさか》さん。そういわれる理想の女の子がそこにいた。

俺たちはデパートをでて、夕暮れの街を歩いた。

「私、マンガ喫茶も入ったことないんだ」

そういうので、ふたりでマンガ喫茶に入った。こんなにきれいなんだね、と早坂《はやさか》さんは物珍しそうに店内をみまわしていた。俺が受け付けを済ませると、早坂《はやさか》さんはさっそくドリンクバーに向かった。

「みて～。メロンソーダにアイス入れてみた～」

お手製クリームソーダを片手に持った早坂《はやさか》さんを連れて、部屋に入る。空いているのがそこしかなかったため、カップルシートだった。

「な、なんか照れるね」

パソコンがあって、マットレスが敷かれていて、クッションが二つ置かれている。それはほんの少し、ベッドを連想させる空間だった。でも、俺たちは健全だった。

寝っ転がりながら、ふたりで一冊のマンガを読んだ。時折、顔をみあわせて笑い、まるで仲の良《い》い犬と猫みたいだった。

流れが変わったのは、となりのカップルシートから声がきこえてきたときだ。

「き、桐島《きりしま》くん、これって――」

「ああ」

「ダメだよね？」

もちろんだ。でも、となりのカップルシートでは、おそらくそういう行為がおこなわれていた。防音の個室じゃないから、声を押し殺しているようだが、やはりきこえてくる。

「ねえ桐島《きりしま》くん、私たちも、その、ちょっとだけ……」

早坂《はやさか》さんが熱っぽい目でみてくる。ここはマンガ喫茶で、いつもなら俺がダメだっていって、でも早坂《はやさか》さんが暴走する感じになるところだけど、今の俺はとにかく早坂《はやさか》さんに愛を注ぎたい。

さっきそう決めたから。

だから俺は早坂《はやさか》さんを抱きよせて、キスしようとする。しかし――。

「だ〜め」

口に人差し指をあてられる。

「え？」

「そういうことは大人になってからにしよ？　せっかくここまで我慢してきたんだから」

それからどうなったかというと――。

「桐島《きりしま》くんは動いちゃダメだよ」

俺はただじっとしていることしか許されなかった。早坂《はやさか》さんはそんな俺にくっついて、「好きだよ」といいながら、頬にキスしたり、胸に顔を押しあてたりと、軽いスキンシップを繰り返した。健全早坂《はやさか》さんの基準では、イチャイチャは頬にキスまでのようだった。

「紳士的な桐島《きりしま》くんが好きだよ」

早坂《はやさか》さんはボディラインがはっきりとわかるニットのセーターを着て、ショートパンツにタイツという肉付きのいい太ももがよくわかる格好をしている。そんな体を押しあてられながら、俺はなにもしてはいけなかった。以前のように、早坂《はやさか》さんの体のやわらかさを感じ、その湿度を感じることを許されない。

「頭なでて〜。えへへ、これ好き〜」

俺は思いだしていた。口から糸を引く唾液、汗ばんだやわらかい肌、濡《ぬ》れて色の変わった下着、頬を紅潮させて喘《あえ》ぐ早坂《はやさか》さん。早坂《はやさか》さんが濡《ぬ》れすぎて、シーツを替えたこともあった。

でも今、それらをできず、生殺しになっている。

そんな状況を、小一時間もつづけた。俺は早坂《はやさか》さんに愛を注ぎたいと思ってたから、彼女の望むとおりにしようとした。だから動くなといわれたら、動かなかった。

でも、おあずけをくらいつづけるうちに、頭がぐつぐつしてきて、思考が変なところに入る。

いや、おかしいだろ。

そっちが先に好き好き好き好き好き好きって感情ぶつけてきて、俺の頭とろとろに溶かして愛の漬け物にして、なのに今さら、なんか我に返りましたみたいな顔で清楚《せいそ》になってお子ちゃまみたいなきれいな恋をはじめて、そこからさらに我慢しろってそれはどうなんだ？　俺にだってまちがいなくそういう衝動はあって、この状況でずっと我慢できるわけない。

「桐島《きりしま》くん好き〜」

無邪気にくっつきつづける早坂《はやさか》さん。ニットに強調された胸、布地の少ないショートパンツ、さわりたい。胸をさわりながら、あの湿度を感じたい。

「えへへ、ずっと仲良くしようね〜」

俺だって早坂《はやさか》さんにぶつけられるだけの大きな愛を持っていて、それを今、ぶつけたくてしようがない。

「桐島《きりしま》くんもキスして〜」

そういってほっぺを差しだしてくる。

ちがうだろ。

早坂《はやさか》さんが教えてくれたんじゃないか。愛はとにかく相手に伝えたい力の奔流で、俺はそれをこれまで早坂《はやさか》さんからくらいつづけて、振り回されながらもすごい快感で、早坂《はやさか》さんも俺にそれを求めてたんじゃないか。

そして今、俺は俺の愛を早坂《はやさか》さんに伝えたい。俺もちゃんと好きだと伝えたい。

「桐島《きりしま》くん、キス～」

愛は破壊だ。

俺はもう我慢できなくなって、早坂《はやさか》さんを自分の体の下に組み敷く。

「き、桐島《きりしま》くん……ダメだよっ……ん、んんっ」

激情にまかせて舌をねじ込む。

「ダメだよ……うあぁ……こんなのされたら……頭バカになっちゃうよ……」

俺は早坂《はやさか》さんに唾液を飲ませながら口の中を犯しまくる。すぐに早坂《はやさか》さんも舌をからませてくる。ぽってりとした厚みのある舌、よく湿った口内。互いの唾液が音を立てる。

「なんで？　なんで？　しちゃダメなのに……しちゃダメなのに……」

すぐにできあがった顔になって目をとろんとさせる早坂《はやさか》さん。

健全早坂《はやさか》さんと今までの早坂《はやさか》さんの価値観がぶつかって混乱しているようだ。

でもかまわない。

俺たちは相手を壊す勢いで好きの押しつけ合いをしてきた。

早坂《はやさか》さんが好き好き好き好きって気持ちをぶつけてくれたように、俺は今、早坂《はやさか》さんに好き好き好き好き好きって気持ちをめちゃくちゃに押しつける。

足を押し開いて、ショートパンツの真ん中に、俺はこんなに好きなんだぞ、って感じで服越しにそれを押しつける。

「桐島《きりしま》くん、うぁ……うぁあ……これ、うあぁぁ……」

早坂《はやさか》さんはこれまですごい量の好きをくれた。でも俺はなんか利口ぶってバランスをとろうとするクソバカ野郎だったからそれに応えられなくて、それで早坂《はやさか》さんは、私はこんなに好きなのにって暴走していた。

「桐島《きりしま》くん、こういうの、いけないんだよ……わるい子のすることなんだよ……うぁ……」

俺たちは愛を投げつけ合って、俺は一方的に押し込まれていた。

でも攻守交代だ。

今度は早坂《はやさか》さんが俺の愛に振り回されて、溺れる番だ。

早坂《はやさか》さんの髪をかきあげ、音を立てながら、耳に舌を入れて舐《な》める。早坂《はやさか》さんが声にならない声をあげる。腰が浮く。耳のなかを舐《な》めまくる。俺がそうなったように、脳をかき回されてほしい。

「ダメだよぉ……生地薄いから……ズボンまで……あ、あっ……い……あっ」

俺の体の下で悶《もだ》える早坂《はやさか》さん。

俺が、完全に早坂《はやさか》さんを攻めている。完封している。

早坂《はやさか》さんに冷たくして、わかった。俺は本当に早坂《はやさか》さんのことを好きだ。

橘《たちばな》さんを選んで、早坂《はやさか》さんと別れる可能性だってある。

でもその最後のときまでは、この好きという気持ちをぶつけたかった。

早坂《はやさか》さんはいつもこんな気持ちだったのだ。

今度は早坂《はやさか》さんが俺になる番だ。俺の愛に振り回されて、困って、困って困って困って困って困る番だ。溺れる番だ。

早坂《はやさか》さんの体を力いっぱい抱きしめる。足のあいだに体を入れて、強く押しつける。

どうだ、早坂《はやさか》さん、どうだ。

俺の感情が早坂《はやさか》さんを圧倒している、俺の感情が勝っている。いいぞ、俺、いいぞ。

そう思った、そのときだった。

「えへへ」

早坂《はやさか》さんは照れたように笑う。

「私ね、ちゃんとわかってたよ。桐島《きりしま》くんにも、そういう衝動があること」

いつの間にか、両手でスマホを持っている。

「でもさ、やっぱりこういうことするのはせめて高校卒業してからにしよ？　でないとその辺にいる、相手を大事にしないカップルと同じになっちゃうもん」

健全早坂《はやさか》さんはそういうと、俺の頬にキスをする。

「大丈夫、ちゃんと桐島《きりしま》くんが我慢できるように用意してきたから」

そういってスマホを操作する。俺のスマホにポコーンと音がしてメッセージが届く。

動画だった。早坂《はやさか》さんがうなずくので、再生してみる。

早坂《はやさか》さんが映っていた。スマホを机の上に立てて撮影したのだろう。定点カメラのようになっている。パジャマ姿で、カメラをみながら恥ずかしそうにしている。

場所は、早坂《はやさか》さんの部屋だ。

『男の人って、女の子とそういうことしたくなる気持ちってすごいんでしょ？』

早坂《はやさか》さんが顔を真っ赤にしながら、視線をそらし気味にしゃべっている。

『私のこと大切に想《おも》って、桐島《きりしま》くんは私としようとしないでしょ？　でも我慢させちゃってるのが申し訳なくて……それで、あやちゃんにきいたら、男の人はそういうとき……その……ひとりでしてるってきいたから……』

早坂《はやさか》さんは困ったように笑いながらいう。

『……だから、その、お手伝い……したいなって。なにかみながらするんでしょ？　私、今から、その、え、えっちなことするから……それみてしてくれるといいな』

そういうとカメラから離れ、ベッドに横たわる。

『今から桐島《きりしま》くんのこと考えながらするね』

こちらを向いたままパジャマに手を入れようとして――。

『やっぱり恥ずかしいから、あっち向くね。ごめんね』

早坂《はやさか》さんはベッドに横になったまま、カメラに背を向ける。

なにも動きがないようにみえるが、少し経《た》ったところで、早坂《はやさか》さんが『あ』と小さく嬌声《きょうせい》をあげた。

『桐島《きりしま》くん……あっ、あっ……ダメだよぉ……桐島《きりしま》くん……』

早坂《はやさか》さんの太ももが、むずむずと動いている。耳を澄ませばしっとりとした息づかいと、かすかな水音がきこえる。

汗ばんでいるのか、パジャマの薄い生地が、ぴったりと体に張りついている。やがて、早坂《はやさか》さんは声を抑えられなくなったのか、うつぶせになって枕に顔を押しつける。

カメラ側からみえる手が、パジャマのズボンのなかに入れられていた。みえないほうの手は、胸にそえられているようだ。

枕に押しつけられた、こもった喘《あえ》ぎ声《ごえ》が途切れ途切れにきこえてくる。

そのうちに——。

足をピンと伸ばし、腰が浮き上がり——。

『んんっ……んんっっっ！』

枕に向かってひときわ大きな声をだしたあと、何度も大きく腰を跳ね上げた。

しばらくして、脱力した早坂《はやさか》さんが立ちあがり、とろんとした顔でまたカメラの前までやってくる。パジャマの一部が、濡《ぬ》れて色が変わっている。

『次はちゃんと服脱いでするね』

早坂《はやさか》さんは火照《ほて》ったような顔をしている。

『ごめんね、我慢させちゃって。もっとこうしてほしいとかあったらいってね。桐島《きりしま》くんのこと考えれば、すぐだから……大人になったらしようね』

そういったところで、動画は終わっていた。

「どうかな？」

健全早坂《はやさか》さんは、褒められるのを待つ子供みたいな、けなげな表情できいてくる。

「使える？　私、男の子じゃないからよくわからなくて……」

「いや、そんなことより」

俺はさっきまでの強気が消え去って、我に返ってしまう。そして、めちゃくちゃ普通なことをいってしまう。

「こういうの、よくないって」

「なんで？」

「動画が流出するかもしれないし、もちろん俺はそんなことしないけど、データがあると万が一ってことが……」

「いいよ。桐島《きりしま》くんのためなら私、人生めちゃくちゃになってもいいもん」

流出くらい全然したっていいよ、と早坂《はやさか》さんは笑いながらいう。

「それにね、私、桐島《きりしま》くんにいっぱい傷つけられて、めちゃくちゃな気持ちになるの好きなんだ～」

「え？」

「冷たくされて、傷つけられて、私もうダメだ～、ってなってるときに、桐島《きりしま》くんにちょっと優しくされると、すごく愛されてるって感じるんだ。それでね、脳みそ溶けちゃいそうになるくらい桐島《きりしま》くんのこと好きになるんだよ」

早坂《はやさか》さんはとても幸せそうな顔でいう。

「だからこれからも私のこといっぱい傷つけてね。裏切って、ぼろぼろにしてね。私、全然平気だからね。桐島《きりしま》くんのためならなんでもするからね」

動画も気にせず使ってね、牧《まき》くんなんかにみせたかったらそうしてもいいよ、なんていう。

だから――。

「橘《たちばな》さんにはちゃんと体だけの関係だったっていってあげてね。まだ彼女のつもりでいるんだもん、困っちゃうよ」

第30話 What's your name?

「ド〜」

橘《たちばな》さんがピアノの鍵盤を叩《たた》きながら、透きとおった声をだす。

俺はピアノのとなりに立ち、橘《たちばな》さんに合わせて、同じように発声する。

「どぅえぇ〜」

「司郎《しろう》くん、それもうファくらいになってるよ。あと、もっとリラックスして立ったほうがいい声でるよ」

放課後、旧音楽室でのことだ。

橘《たちばな》さんと一緒に歌の練習をしていた。きっかけは六限だった。卒業式でおこなわれる在校生の全体練習があり、ピアノの伴奏を橘《たちばな》さんがした。

俺はそこでこりもせず、桐島《きりしま》ソフトランディングプランを実行した。具体的になにをやったかというと、橘《たちばな》さんのピアノ伴奏を無視して、とても下手に歌ってみたのだ。

「牧《まき》、今日の俺の歌、めちゃくちゃ下手だったろ」

「いつもと同じだったぞ？」

全体練習が終わったあと、橘《たちばな》さんが声をかけてきた。

「けっこう外れてたよ」

「合唱のなかでも俺の声きこえるんだな」

「司郎《しろう》くんの声ならどこにいてもきこえるよ」

橘《たちばな》さんはとても耳がいいみたいだった。そして一緒に練習することを提案された。「いいのか？」ときくと、「うん」と橘《たちばな》さんはうなずいた。

「私、彼氏にいい影響与える、いい彼女だから」

こうして旧音楽室で声をだしているのである。

もちろん、ここでも橘《たちばな》さんに冷たくするつもりだった。曲の練習がはじまったところで、超やる気ない感じになって、好感度を下げようと思っていた。しかし——。

「なんか、まどろっこしいな」

発声練習をはじめて三分、俺がやる気ないふりをするよりも前に、橘《たちばな》さんはポイと譜面を投げ捨てる。

「せっかくふたりきりになったんだから、もっとイチャイチャしようよ」

「馬脚を露《あらわ》すの早すぎないか」

「司郎《しろう》くんが歌上手《うま》くなる必要ある？」

「彼氏にいい影響与える彼女はどこいった？」

橘《たちばな》さんは椅子から立ちあがると、しなだれかかるように抱きついてきた。俺の胸にその小さな頭をあずけ、甘い吐息を漏らす。

「好きだよ、司郎《しろう》くん」

京都から帰って以来、橘《たちばな》さんはしっとりとした空気で俺にさわってくる。けだるげに肩に頭を乗せてきたり、指をからませてきたりする。

普通に生活していても、湿っぽい表情でわかってしまうらしい。

「あれ、絶対、ヤっただろ」

男子にそんなことをひそひそといわれたりする。

文化祭以来、橘《たちばな》さんは女子人気が高いので、女子の誰かが、「そういうことというのやめなよ」と橘《たちばな》さんを抱きしめて男子を追い払う。そして助けたその女子が、「それで、ヤリまくりのイキまくり？」と橘《たちばな》さんの腰をさわって、橘《たちばな》さんが「み～!!」と謎の鳴き声をあげながらどこかへ逃げていくまでがワンセットになっていた。

たしかに橘《たちばな》さんは周りからみてわかるくらい、以前より色っぽくなった。

今も、どこかおねだりするような表情で、とても従順で、たしかに俺だけの女の子と思わせてくれるような態度で俺に抱きついてきている。

このまま、この雰囲気にまかせれば、俺たちは溶けあうような快感に浸ることができる。

でも、それじゃダメだ。俺は決めたのだ。早坂《はやさか》さんに対してしたように、橘《たちばな》さんにも冷たくしなければいけない。

「そろそろ離れなよ」

これは予行演習であり、試行実験だ。桐島司郎《きりしましろう》は橘《たちばな》ひかりと別れることができるのか。

俺は強い決意とともに、橘《たちばな》さんを突き放す。

「俺、ベタベタするの好きじゃないし」

「好きだよ、司郎《しろう》くん」

「あんまり気分じゃないんだよなあ」

「週末ね……お母さんいないんだ」

「週末はひとりでゆっくりしたいっていうか」

「妹はいるんだけど……」

「えっと、あの、橘《たちばな》さんきいてる？」

「ちゃんと追いだすからさ……」

ダメだ。まったく効果がない。あと、妹かわいそうだろ。

橘《たちばな》さんの指先が、俺のあごから首筋をなぞっていく。

「司郎《しろう》くん、さっきからつまんないことといってるけど」

「きこえてるじゃないか」

「意味ないよ。だって司郎《しろう》くん、ドキドキしてるもん」

橘《たちばな》さんはそういって、俺の左胸に手をあてる。そうなのだ。俺はさっきからドキドキしていた。というのも橘《たちばな》さんが抱きつきながら、つま先立ちになって、お腹《なか》の下を俺に押しつけてくるのだ。本能的に求めているようなその動きに、俺は生々しい興奮をおぼえていた。

橘《たちばな》さんは自分がやっていることに気づいているのだろうか？

そう思って、橘《たちばな》さんがお腹《なか》の下を押しつけてきたときに、俺も腰を前にだしてみる。そういう行為を連想させる動き。やはり橘《たちばな》さんは無意識だったみたいで、自分のしていたことに気づき、顔を真っ赤にした。

「し、司郎《しろう》くんのいじわるっ！」

そういって、顔をそむける。でもすぐに恥ずかしさを乗り越えるように、俺にしがみついてくる。このままだと流されてしまいそうだ。でも、それはいけない。俺はちゃんと、橘《たちばな》さんにも桐島《きりしま》ソフトランディングプランを実行しなければいけない。

だから、撃退することにした。撃退の方法は簡単だ。

俺は逆に積極的になって、橘《たちばな》さんの腰を抱きよせる。太もものあいだに足を入れて押しつけ、腰をさわりながらキスをつづければ、すぐに橘《たちばな》さんの体がかわいく震えはじめる。さらにスカートのなかに手を入れ、下着にふれようとしたところで——。

「え、あ——し、司郎《しろう》くん……ふ……ふみぃっ！」

橘《たちばな》さんはいつもの悲鳴をあげて俺の腕のなかから逃げた。そしてピアノの陰に隠れ、目をグルグルさせながらこちらの様子をうかがってくる。

一度したとはいえ、そこはつい最近まで恋愛キッズだった橘《たちばな》さん。本能のままに誘うようなことをしてきても、そう簡単ではない。

「体育あったし……し、シャワー浴びてないし……」

旅行のときは非日常の空気にあてられて勢いがあった。でも、もう一度するなら、たくさんの条件を整える必要がある。部屋も暗くしなければできないだろう。俺はそういうのをわかったうえで、橘《たちばな》さんを撃退した。もちろん橘《たちばな》さんもそのことにすぐ気づく。

「やっぱり司郎《しろう》くんはいじわるだ」

そういってそっぽを向いてしまう。

「それに、私の気持ち全然わかってない」

「ごめん」

橘《たちばな》さんを我慢させてしまっていることはわかっている。時折、感じるのだ。

『私たち、もう、したんだよ？』

そういいたいけど、それはいいたくない、という葛藤。

橘《たちばな》さんはただ待っていた。俺が早坂《はやさか》さんと予備校に通ってもなにもいうことはない。抜け駆け禁止を破ったという負い目もあるから。

でも、そんな我慢がいつまでもつづかないことは知っている。

だから俺はこの恋に決着をつけなければいけない。橘《たちばな》さんだって、芸大の実技試験に向けてピアノの練習量を増やしていかなければいけない大事な時期なのだ。でも——。

「やっぱり司郎《しろう》くんはわかってないよ、私の気持ち」

橘《たちばな》さんは俺の顔をみながらいう。

「それなりにわかってるつもりだけど」

「じゃあ、私の理想の恋愛は？」

俺は少し考えてからこたえる。

「小さい頃に出会ったふたりが一途《いちず》に想《おも》いあって一緒になる」

文化祭で橘《たちばな》さんが浜波《はまなみ》と吉見《よしみ》くんを応援していたことからもそれはわかる。しかし橘《たちばな》さんは
「ぶっぶ〜、不正解」と子供みたいに口を尖《とが》らせた。

「正解は？」

「ときは大正時代」

「当てられるわけないだろ」

「私は十五歳、司郎《しろう》くんは三十歳でお髭《ひげ》のおじ様です」

「そこもいじんの？」

橘《たちばな》さんは田舎からでてきたばかりで、銀座のカッフェで給仕《きゆうじ》をしているのだという。

「司郎《しろう》くんは初心《うぶ》な私を見初めて、屋敷《やしき》に引き取ります。お作法やお勉強を教えて、きれいな服も着せて、どんどん洗練された都会の女の子にしていきます。私は屋敷《やしき》に引き取ってもらっ

たお礼に、掃除や洗濯をがんばって、司郎《しろう》くんにけなげに尽くします」

俺はそのときはまだ不幸な女の子を幸せにするという高尚な精神で、少女の橘《たちばな》さんに接している らしい。

「でも、ある日、司郎《しろう》くんは気づきます。私をお人形のように、自分好みの女の子にしてしまっていることに。司郎《しろう》くんはそんな自分に悩みながらも、夜、いつのまにか私のベッドの上までできてしまいます。私は恥じらいながらも、うなずきます」

「うなずかんでよろしい」

でも妄想の橘《たちばな》さんはうなずいてしまうし、三十歳の司郎《しろう》くんはたっぷり十五歳の橘《たちばな》さんをかわいがるらしい。

「クライマックスは私が旧制高校の男の子たちに誘われるシーンです。司郎《しろう》くんは私への愛に気づいて、私を追いかけてきます。私は一途《いちず》ですので、男の子のお誘いをちゃんと断って、司《し》郎《ろう》くんを待っています。司郎《しろう》くんはそこできちんとプロポーズして、めでたしめでたし」

「橘《たちばな》さん、文豪かなにか？」

「じゃあ、司郎《しろう》くんが私の気持ちをわかってないことが証明されたから、これをやろう」

そういって橘《たちばな》さんが差しだしてきたのは——。

まさかの恋愛ノートだった。

「予想外のタイミングで変なもんだしてくるんだよなあ」

ミス研OGの国見《くにみ》さんがかつて在学中に書いた恋の研究書。男女が仲良くなるためのゲームが収録されている。内容はだいたいろくでもない。

「いや、よくないって」

「なんで？　なにがよくないの？」

俺は今、別れに向けてのシミュレーションをしているのだ。だから、こういうふたりが絆《きずな》を深めるようなことはするべきではない。

「とにかく、今回はダメだ」

俺が強くいうと、橘《たちばな》さんは泣きそうな顔になって、「ひどいよ」という。

「今回は変な気持ちになるやつじゃないのに……」

そうなのだ。そのページに書かれているゲームは、互いの気持ちを深く理解するためのもので、珍しくまともにみえるゲームなのだ。

「でも、司郎《しろう》くんは私とわかり合いたくないんだね。ごめんね、変なお願いして」

橘《たちばな》さんは哀《かな》しそうな顔をして、そのまま部屋をでていこうとする。胸が痛い。けなげに我慢をつづける橘《たちばな》さんの心を思えば、やるしかないのだろう。

でも、俺は桐島《きりしま》ソフトランディングプランの真っ最中だ。俺が橘《たちばな》さんをフる未来だってありえる。少し哀《かな》しそうな顔をされたからといって情に動かされてはいけない。俺は一度こうと決めたら曲げない男だ。強い意志がある。断固として——

「ちょ、待てよ！」

体が勝手に動いていた。俺はもうダメだ。

「あはっ」

橘《たちばな》さんが表情を崩して笑う。

「司郎《しろう》くんのそういうところ好きだよ」

「ちょっとだけだからな」

そういいながら、ズボンの裾をあげてみせる。すね毛は処理済み。

「準備してくれてるじゃん」

「昨日、このゲームやりたいってメッセージきてたからな」

「じゃあ、やってくれるんだね」

「ああ、やってみよう」

そういって、俺たちは旧音楽室からミス研の部室に移動する。

「恥ずかしいから、こっちみちゃダメだよ」

そういうから、俺は制服を脱ぎ、橘《たちばな》さんのほうをみないようにしながら手渡す。交換に、橘《たちばな》さんの制服を受けとる。俺は橘《たちばな》さんの制服を着る。

俺は、橘《たちばな》さんの、制服を着る。

着替え終わって橘《たちばな》さんをみれば、髪をアップにした男装の麗人がいた。

シャツとブレザーを着て、ズボンをはいた橘《たちばな》さん。普通にかっこいい。

俺の姿についてはなにもいうまい。こういうときになにかいうのは野暮というもので、ゲームだけに集中するべきだ。

「今から私は橘《たちばな》司郎《しろう》、司郎《しろう》くんは桐島《きりしま》ひかりちゃんね」

「わかった」

「じゃあ、いくよ」

俺たちはうなずき、声を張る。

「俺たち！」

「私たち！」


「「入れ替わってるぅぅ〜〜っ！」」

◇

『What's your name?』

直訳すると、『君の名は?』と呼ばれるこのゲームは、お互いの立場を入れ替えることによって、相手の気持ちを理解するという、とてもヒューマニズムにあふれたゲームだ。

また相手にしてほしい振る舞いをすることで、こうしてほしいという気持ちを伝えることもできる。服装を入れ替える必要性はよくわからない。

いずれにせよ、とりあえず俺はいつも橘《たちばな》さんがやっているように、サイフォンを使ってコーヒーを淹《い》れてみた。自分でやってみるとガラスの機器を操作して神経を使うし、なにかと大変だ。橘《たちばな》さん、俺に美味《おい》しいコーヒーを淹《い》れるために毎回こんな大変なことをやってくれていたのか、と思う。いつもありがとう。

「はい、どうぞ」

私は高めの声をだしながら、カップをコーヒーテーブルの上に置く。橘《たちばな》司郎《しろう》くんはソファーに座りながら、足を組んでいる。

「ありがとう、ひかり」

橘《たちばなし》司郎《ろう》くんはそういいながら、私の頭をぽんぽんする。そんな、ぽんぽんなんて、照れる。

「ひかり、勉強みてやるよ」

「え？」

「期末テスト、大変だろ」

いわれて、私はとりあえず世界史の問題集をひらく。近現代史、世界恐慌《きようこう》の範囲で、『アメリカの金融・証券市場で有名なニューヨークの街はどこか』という問いがあって、こんなのわかんないよ～、勉強なんてしたくないのに、司郎《しろう》くんのいじわるっ！　でも私の試験の心配してくれてありがと！　好きっ、と思いながら、とりあえず知ってる街を書き込む。ベーカー街。

「まったく、ひかりはかわいいな」

橘司郎《たちばなしろう》くんは私の額にデコピンしていう。

「ベーカー街はロンドンの街じゃないか」

やだっ、シャーロック・ホームズの舞台になった街とまちがえちゃった！　恥ずかしい！

「正解はエルム街だよ、子猫ちゃん」

橘司郎《たちばなしろう》くんは私の額にキスをする。

エルム街はホラー映画の架空の街で、ホントの正解はウォール街な気がするけど橘司郎《たちばなしろう》くんがいうならきっとそう！　エルム街！　フレディばんざいっ！

「よし、どんどんいくぞ」

「うんっ！」

私たちは勢いよく勉強しようとするんだけど、二問目で橘司郎《たちばなしろう》くんが飽きてしまう。この司郎《しろう》くん、かなり勉強がキライみたい。

「なんか、つかれたから休ませてくれ」

橘司郎《たちばなしろう》くんがソファーに横になるから、私は膝枕してあげる。

「なあ、ひかり、俺が他の女子と仲良くしてたらどうだ？」

「ヤダヤダ、そんなのヤダ！　橘司郎《たちばなしろう》きゅんはひかりだけの彼氏じゃなきゃヤダ！」

ぽっ

「安心しろよ。俺はひかりだけのものだよ、このかわいこちゃん☆」

しばらく、著しく知能の低下したやりとりをつづけた。そして俺は思った。

このゲーム、失敗だ。

俺と橘《たちばな》さん、互いの異性に対する解像度とリアリティが低すぎる。

多分、人は自分以外の誰かになることはできないのだ。

そう思った、そのときだった。

廊下から足音がきこえてきた。しかも近づいてくる。扉のすりガラスに人影が映る。

待て、ちょっと待ってくれ。

橘《たちばな》さんはまだいい。男役の女優さんみたいで、普通にかっこいい。

でも俺はダメだ。いわないようにしていたが、ブラウスは小さすぎてボタンが全部とまってないし、スカートもジッパーとホックを全開にして斜めにしてハイウエストではいている。すね毛だけは処理済みだが、はっきりいってきれいな絵面ではない。

こんなもの他人にみられたら、人間としての尊厳が失われてしまう。しかし——。

無慈悲にも、扉は開かれるのだった。

◇

酒井《さかい》文《あや》は駅に向かって歩いていた。

風が冷たくて、マフラーを口元まであげる。今にも雨が降りだしそうな空模様だが、この気温なら雪になるかもしれない。折りたたみ傘を持ってきていただろうか。

カバンのなかを確認する。そのとき、前から見知った人物が歩いてくる。

早坂《はやさか》あかねだ。

「あかねちゃん、どうしたの？」

「桐島《きりしま》くんに傘渡しとこうと思って」

あかねはビニール傘を両手で大事そうに持っている。

「あのメガネ、橘《たちばな》さんと部活中でしょ」

「うん。だからね、部室の前に置いてくるの。前もやったことあるんだ」

酒井《さかい》は少し考えてからきく。

「いいの？」

「いいよ。桐島《きりしま》くんは最高だもん、私を裏切ったりしないし、いつも私に優しくしてくれるし、本当の私をわかってくれるもん。だから、女の子とふたりで部活してても大丈夫って信じてるんだ。私はそういう、いい彼女でいるんだ」

「もし桐島《きりしま》が橘《たちばな》さんとなにかしてたら？」

あかねはそれにはこたえず、ビニール傘を強く握りしめてそのまま歩き去ろうとする。

口をぎゅっと結んで、今にも泣きだしそうな顔。

私は肩をつかんでとめる。

「あかねちゃん、自分の傘持ってるの？」

「持ってないよ？」

あかねは明るい表情になる。

「いいの。私は降りだす前に帰るから」

「やれやれ」

酒井《さかい》はカバンから自分の折りたたみ傘をとりだすと、あかねに手渡した。

「これ、使いなよ」

「いいの？」

「その代わり、ビニール傘置いたら、扉を開けずにすぐに帰りなよ」

「うん！　ありがと！」

あかねは手を振って、学校に戻っていく。それから酒井《さかい》はスマホをとりだして、桐島《きりしま》の連絡先を表示する。念のため、連絡を入れておこうか。

しかし、少し考えたところで、酒井《さかい》はスマホをダッフルコートのポケットにしまった。

なにをしても、もう意味がない気がしたのだ。

◇

部室の扉を開けたのは生徒会長の牧翔太《まきしょうた》だった。

そして俺は掃除用具箱のなかにいた。扉が開く直前、橘《たちばな》さんが押し込んでくれたのだ。こういうとき、ギリギリで情があるから橘《たちばな》さんは優しい。

今、部室のなかは沈黙している。

牧《まき》と、俺の制服を着た橘《たちばな》さんが対峙《たいじ》しているのだ。ふたりはあまり交流がないのに、この謎の状況。さて、どうなる？

俺は用具箱のなかでことの成り行きを見守る。

最初に口を開いたのは橘《たちばな》さんだった。

「よお、牧《まき》じゃん。どうかしたか？」

一瞬、部室が静かになる。しかし、すぐに牧《まき》がこたえる。

「卒業式の送辞の原稿つくっててさ。桐島《きりしま》も手伝ってくれよ」

「おお、いいぞ」

とても自然に牧《まき》とニセ桐島司郎《きりしましろう》との会話がはじまる。え、なに？　それで押し通すつもりなの？　適応力すごすぎない？

「やっぱ印象に残るような送辞にしたくてさ」

「ギターの弾き語りでやってみたら？」

「さすが桐島《きりしま》、ナイスアイディアだな」

「だろ？」

牧《まき》、やめろ。橘《たちばな》さんのアイディアなんか採用するな。式典の最中はずっと寝てるか意識トばしてるタイプの女の子だぞ。絶対ろくなことにならない。

しかし俺が送る念に効果はなく、コード進行のふられた送辞が完成してしまった。

それからふたりはダラッとした空気を醸《かも》しだす。

「なんか面白いことねえかな」

「おすすめのソシャゲとかある？」

男子高校生の退屈なシーンを再現しなくていいんだよ！

俺としては一刻も早く終わってほしい。こっちはスカートに慣れてなくて、すぐにでもズボンをはきたい気持ちでいっぱいだ。

しかし牧《まき》と橘《たちばな》さんの茶番はつづいた。絶対遊んでる。

牧《まき》にみられるくらいもういいかと、俺は掃除用具箱からでようとする。そのときだった。

「なあ牧《まき》、俺はどっちを彼女にしたらいいと思う？」

橘《たちばな》さんはいう。

「早坂《はやさか》さんは料理もできるし、けなげだし、一緒に予備校通って、俺を支えてくれるだろ。付き合ったら俺も一緒に成長できる感じがするし、結婚したら幸せな家庭築きそうだし、人生にプラスだよな」

「そうだな」

牧《まき》が相づちを打つ。

「それに比べると、橘《たちばな》さんは、たしかに胸の大きさだけは早坂《はやさか》さんと同じくらいだけどさ」

「お、おぉ……」

「でも料理も勉強もできないし、わがままで飽き性だし、ピアノばっか弾いて芸大いくから大学生活もちがう感じになるだろうし――」

そこで橘《たちばな》さんの声がひどく弱気になりはじめる。

「なんの役にも立たない女の子だし、司郎《しろう》くんになんのプラスもないし、そうなるとやっぱり早坂《はやさか》さんがいいのかな……」

そんなことを考えて不安になっていたのか。そしてバカだな、と思う。

その気持ちを、牧《まき》がいってくれる。

「バカだな。桐島《きりしま》がそんなことで相手を選ぶわけないだろ」

「そうなのかな」

「たしかに桐島《きりしま》は優柔不断で卑怯《ひきょう》で倫理観の欠片《かけら》もない、ろくでもない男だ」

いいすぎだろ。

「でも、好きな相手に見返りを求めたりしないよ。どっちを選ぶかは俺も知らない。でも一緒にいて成長できるとか、家庭を守ってくれそうとか、そんなありきたりな価値観や計算で選ぶほどバカじゃない」

「牧《まき》くん……」

「だから元気だせよ、橘《たちばな》らしくないぞ」

そこで牧《まき》は「おっと！」と指を鳴らしていう。

「今は桐島《きりしま》だったな」

なんとも腹の立つ演技だった。

「じゃあな。掃除用具箱のなかに隠れてる橘《たちばな》にもよろしくな」

そういって牧《まき》は部室から去っていった。

「司郎《しろう》くん……」

掃除用具箱の前に立つ橘《たちばな》さん。

俺は暗闇のなかからいう。

「料理が下手で勉強もできなくて、わがままで飽き性で、でも胸だけは大きい橘《たちばな》さんのことが俺は大好きだよ」

結局のところ、俺は橘《たちばな》さんに冷たくすることも、傷つけることもできないのだった。最後に決断するときの一回だけはちゃんとする。だから今だけは、橘《たちばな》さんに幸せな気持ちでいてほしいと思うのだった。

橘《たちばな》さんからの返事はない。なにやらごそごそと音がする。

やがて掃除用具箱の扉が開かれる。

橘《たちばな》さんは俺のシャツ一枚だけになっていた。いわゆる彼シャツ状態。白いオーバーサイズのシャツから、足だけが伸びている。靴下もはいていない。

「私も大好きだよ」

そして顔をそらし、頬を染めながらいう。

「だから、しようよ」

◇

俺と橘《たちばな》さんは深くつながりすぎた。

立ったまま、その華奢《きゃしゃ》な体を抱きしめる。それだけで橘《たちばな》さんは、俺の腕のなかで体をかわいく震わせる。その感触で、京都の夜がフラッシュバックする。

俺の体の下で喘《あえ》ぎ、震え、乱れる橘《たちばな》さん。汗に濡《ぬ》れた白い肢体。

「司郎《しろう》くん……電気……」

その言葉を無視して、橘《たちばな》さんにキスをする。薄いくちびる。そのなかに舌を滑り込ませれば、橘《たちばな》さんの少し冷たい舌が俺の舌に絡《から》みついてくる。

口を離せば唾液が糸を引き、橘《たちばな》さんが湿った息を吐く。

「ねえ司郎《しろう》くん」

橘《たちばな》さんはすがるような口調でいう。

「私、京都の夜を最後にしようなんて、思ってなかったよ」

俺たちは両想《りょうおも》いだけど、一緒になったら周囲を大きく傷つけてしまう。

だからその旅行を最後の思い出にして別れる。

「新幹線のなかではそう考えてたけど、司郎《しろう》くんに抱かれたときはもうちがったよ」

なんでもいい、と思ったらしい。

「体でもなんでもいいから、司郎《しろう》くんをつなぎとめたかった。今も、そう思ってる」

だから、自分から服を脱いだのだ。彼女には、とても勇気のいることだっただろう。

シャツの内側、上半身には下着も着けていない。胸をさわれば、控えめなやわらかさをダイレクトに感じることができた。さわっているうちに、胸の先端がシャツの上からでもわかるようになる。

「司郎《しろう》くん、みないで……」

恥ずかしそうに顔をそむける橘《たちばな》さん。

俺はシャツの上から、その先端を舐《な》める。唾液で透明になったシャツ越しに、薄いピンクのそれが露《あらわ》になる。それを指でなぞり、舌で舐《な》めつづける。橘《たちばな》さんは俺の腕のなかで小さくよがり、かわいく震える。

「司郎《しろう》くん……ダメ……立ってられないよ……」

橘《たちばな》さんが内またになっている。その足をみれば、太ももを雫《しずく》が伝っていた。それをみて俺はスイッチが入って、足と足のあいだに手を入れる。橘《たちばな》さんの下着は、濡《ぬ》れてとてもやわらかくなっていた。

指先で下着越しに撫《な》でながら、首すじを舐《な》める。

「ダメだよ……体育あったのに……ダメ……」

ダメといわれることをすると、橘《たちばな》さんはもっと濡《ぬ》れる。

だんだん体の震える間隔が短くなり、さらに内またになっていく。

そして――。

「あ……司郎《しろう》くん……司郎《しろう》くん……司郎《しろう》くん！」

床にぽたぽたと雫《しずく》を落としながら、深く腰を跳ねさせた。

できあがった、と思った。

橘《たちばな》さんは恍惚《こうこつ》とした表情で、髪を一束くわえている。

俺のシャツを着て、顔を真っ赤にしながら、下着を濡《ぬ》らしている女の子。しかも、物欲しそうな顔で俺をみているのだ。

　そんな光景を前にすれば、全ての言葉や価値観は安かった。

　橘《たちばな》さんがそこを押しつけてきて、俺はうなずく。

　シャツをめくってみれば、白く柔らかい肌にくいこむ小さな布地の下着。それを指にひっかけて脱がそうとしたそのときだった。


「ダメだよ」


　みれば入り口のところに早坂《はやさか》さんが立っていた。遠慮がちな表情で、ビニール傘を胸の前で大事そうに持っている。

「ご、ごめんね。部活をじゃまする気はなかったんだけど……」

　早坂《はやさか》さんはとても控えめな態度でいう。

「やっぱり、橘《たちばな》さんがかわいそうだよ。その、せ、性欲……処理するために体を使っちゃ」

　早坂《はやさか》さんのなかでは、俺と橘《たちばな》さんの行為はそういう理解になっている。もちろん、そんなことといわれて黙ってる橘《たちばな》さんじゃない。シャツ一枚のまま、鋭い口調でいう。

「今すぐでてって」

「ダメだよ。ほっとくと桐島《きりしま》くん、好きでもないのにまた橘《たちばな》さんの体使っちゃうもん」

「司郎《しろう》くんは私のこと愛してくれてるよ」

「愛なんてないよ。愛があったらしないもん。もっと体を大切にしてくれるもん」

「あの、ふたりとも少し落ち着いたほうが——」

けれど、彼女たちに俺の声なんてきこえていなかった。

平行線の言い合いがつづいて、どんどんエスカレートしていく。そして、ついに導火線に火がついた。

「愛があるから抱くんだよ。愛があるから私は司郎《しろう》くんに初めてをあげたんだよ。愛があるから、司郎《しろう》くんは初めての相手に私を選んでくれたんだよ」

「ちがうもん！」

それまでおどおどしていた早坂《はやさか》さんが声を大きくする。『初めて』という単語が早坂《はやさか》さんの地雷なのは明らかだった。

でも俺にとっての初めては橘《たちばな》さんで、その事実は変えようがない。

だから早坂《はやさか》さんは過激な言葉を使ってしまう。

おそらく、色々と勉強したときに覚えたのだろう。

「橘《たちばな》さんは……その……そういうことする道具にされたんだよ。体をオ、オナホにされて、使い捨てられたんだよ」

「お、おなっ！」

これに橘《たちばな》さんはカチンときたようだった。コミカルなリアクションをとりかけたが、すぐに冷めた表情になっていう。

「……司郎《しろう》くん、私を何度も愛してくれたよ」

早坂《はやさか》さんに近づいて、お腹《なか》の下に手を当てながらいう。

「知らないでしょ？　最後の瞬間、はっきりとわかるんだよ。司郎《しろう》くんに愛されてるってすごく伝わってきた」

橘《たちばな》さんは京都の夜を語る。

初めてのとき、俺があまりの快感に橘《たちばな》さんを噛《か》んでしまったこと。

二日目の夜、何度も交わったこと。

橘《たちばな》さんはそれらを語っているうちに、自分の言葉に酔ったのか、普段なら言葉にしないようなことをいいはじめる。

「何度もしているうちにね、司郎《しろう》くんにバレちゃったの。強く抱きしめて、キスをしながら奥を突けば、私が簡単にトんじゃうこと」

早坂《はやさか》さんの前髪が垂れて、表情が隠れる。

「それでずっとトばされつづけちゃった。私が『許して』っていっても、許してくれないの。なんでだと思う？　私、司郎《しろう》くんの気持ちわかっちゃった。あれはね、私を自分の女の子にしようとしてるんだよ」

橘《たちばな》さんはとまらない。あの夜に愛がなかったと、誰にもいわせたくないから。

「快感で頭を焼き切って、バカにしようとしてるの。そんなことしなくても私どこにもいかないのにね。でも、独占欲いっぱいぶつけられて、私も嬉《うれ》しくて、いっぱいトんじゃった」

あの夜、俺たちは部屋に付いている檜風呂《ひのきぶろ》に入った。そして寝ようとしたけど、やっぱり同じことを繰り返して、明け方にもう一度風呂《ふろ》に入った。

「もう自分じゃ立てなくて、司郎《しろう》くんに後ろから抱えられながらシャワーを浴びて、体を洗ってもらってたの」

そのとき、橘《たちばな》さんは惚《ほう》けた顔をしながら、恥ずかしそうに小声でいった。

トイレにいきたい。

「一度お風呂場《ふろば》からでるっていったんだけど、司郎《しろう》くん、だしてくれないんだよ。力の入らなくなった私を後ろから抱きしめたまま、あちこちさわりはじめるの。私は我慢するんだけど、もう限界で、お願いって頼むんだけど、気持ちいいことといっぱいしてくるの」

俺は橘《たちばな》さんの全てがみたかった。俺に全てをさらけだしてほしかった。俺にだけみせる姿をたくさんつくりだしたかった。

湯をあてられ、濡《ぬ》れた肌の橘《たちばな》さんは、なにをしても美しいと思った。

「私、我慢したんだよ？　ずっとずっと我慢したんだよ。でもね、司郎《しろう》くんに責められつづけてね、最後にお腹《なか》の下をぎゅって押されてね——」

橘《たちばな》さんは早坂《はやさか》さんの耳元でささやく。

「泣きながら、お漏らししちゃった。十七歳なのに」

シャワーの水音よりも大きな音がしてしまったこと、内ももを熱いものが伝ったこと、辱《はずかし》められて、でもなぜか快感だったこと。

橘《たちばな》さんは早坂《はやさか》さんに語ってきかせる。

すねて、俺にビンタして背を向けて寝ようとしたこと。でも頭をなでられるうちに機嫌がなおって、抱きあって眠ったこと。朝起きたときも俺に抱きしめられていて、幸せを感じたこと。

そして、最後にとどめのひとことをいった。

「早坂《はやさか》さんの初めて、もうなにも残ってないよ」


部室が静まりかえる。

室外機の低い音がきこえる。

橘《たちばな》さんがぶつけた鋭すぎる言葉。でも――。

早坂《はやさか》さんは、「えへへ」と笑った。

「やっぱり、愛がないよ。愛があればもっと大事にしてくれるもん。ほっぺにキスしながら、もっと優しくしてくれるはずだもん」

とても明るい声でいう。

「えへへ。オナホだよ、やっぱり橘《たちばな》さんは使われただけだよ、オナホの女の子だよ。えへへ」

橘《たちばな》さんの目つきが鋭くなり、さらになにかいおうとする。

けれど、それ以上なにかをいうことはなかった。

必要もなかった。

早坂《はやさか》さんは明るく笑っていたけど、目から涙がぼろぼろと零《こぼ》れ落《お》ちていたからだ。

第31話　早坂《はやさか》炎上

「今年の桜、けっこう早く咲くらしいですよ」

浜波《はまなみ》がいう。

「こんなに寒いのに？」

空をみあげれば、寒さで澄み切った青だった。

「寒波が去ったらすごく暖かくなるらしいです。スキー学習大丈夫ですかね」

「三月だからなあ」

「雪がなかったら登山になるんでしたっけ」

朝、偶然会って、一緒に登校していた。

冷たい空気にあてられて、浜波《はまなみ》の頬は赤くなっている。

「そういえば桐島《きりしま》先輩、頭、大丈夫ですか？」

おバカさんという意味ではなくて、と浜波《はまなみ》はいう。

「経過観察ですよね」

「ああ。来週も病院いく」

東京駅で階段から転がり落ちた俺は数日、検査入院した。頭のことなので、あとからなにか症状がでるかもしれず、定期的に診察してもらっているのだった。

「まあ、ただの検査だよ」

「でも頭痛いとか、めまいがするとかいってましたよね」

「もともと偏頭痛持ちだし、貧血気味だから立ちくらみもよくしてたから」

「ならいいんですけど」

普通に生活していいといわれている。今月の持久走大会も参加してかまわないとのことだった。もちろん、なにか異変があればすぐに病院にくるようにといわれている。

「おふたりにはなにも話してないんですね」

「ああ。必要ないだろ」

早坂《はやさか》さんにも橘《たちばな》さんにも、平気だったと伝えている。

「優しさですか」

「そうだ。俺は優しい男なんだ。あふれんばかりだ」

「みえます、桐島《きりしま》先輩から優しさがはみだしてます。優しさはみだし男と呼びましょう」

そうしてくれ、と俺はいう。

「でもそんなんで、ふたりに冷たくできるんですか？　桐島《きりしま》ソフトクリームでしたっけ？」

「ソフトランディングな。あれは、まあ、失敗だ」

俺の好感度を下げた状態で早坂《はやさか》さんか橘《たちばな》さんを選ぶことで、選ばれなかったほうの傷を浅くするという恋の軟着陸計画。しかし俺はふたりに冷たくすることができず、どれだけふたりのことを好きか思い知らされただけだった。

このこんがらがった関係は早坂《はやさか》さんと橘《たちばな》さんの大きすぎる好意によるものだと思っていた。

でも、同じくらいの好意を俺もふたりに向けていたのだ。

「おい、浜波《はまなみ》、どうしたんだ。そんなに目頭を熱くして」

「いえ、こんなにも早く自らの失敗を認めるなんて、先輩も成長したなって」

「オカン目線？」

「しかしそれだと現状変えられなくないですか？」

「もうハードランディングしかないだろうな」

どちらかひとりを選び、どちらかひとりを傷つける。

「ちゃんと終わらせるつもりなんですね。その判断を断固支持しますが、桐島《きりしま》先輩は無事三年生になることができるのでしょうか」

「おい、こわいことをいうな」

今日は週に一回の登校日だから、三年生も登校している。

浜波《はまなみ》が道をゆく三年生たちに目をやりながらいう。

「もう大人って感じですね」

「一つしかちがわないのにな」

いつも思っていた。制服のシャツのボタンを少しあけたり、ズボンを腰ではいたり、スカートを短くしているだけで、同級生とは比べものにならないくらい、先輩たちは大人びてみえた。

それをいうと、浜波《はまなみ》は「その感覚エモくていいですね～」という。

浜波《はまなみ》はエモが好きらしい。今どきだと思う。

「もっといってくださいよ」

俺は少し考えてからいう。

「夕暮れのグラウンドに響く金属バット」

「いいですねえ」

「雨の日の喫茶店」

「ください、もっとください」

「履きつぶしたバッシュ」

「埃《ほこり》のかぶったオルゴール」

「いとエモし！」

「よっ、エモ職人！」

それからも俺はエモを連想させる言葉をならべていった。「詩人だな、桐島司郎《きりしましろう》！」と、浜《はま》波《なみ》は大喜びだった。でも、俺はとても空虚な気持ちだった。

どれだけきれいな言葉をならべても、エモーショナルで詩的な表現を口にしても、なんの説得力もなければ、他人に褒められる資格もない。

なぜなら、俺は制服の下に女子のスクール水着を着ているからだ。

俺は、女子の、スクール水着を、着ている。

◇

多少のアナーキーさならツッコミを期待して浜波《はまなみ》に話すところだが、さすがに制服の下にそれを着ているのは浜波《はまなみ》も守備範囲外だろう。

きっかけは、数日前にさかのぼる。

その日、俺は早坂《はやさか》さんとある大学のオープンキャンパスに訪れていた。

「桐島《きりしま》くん、みてみて～」

正門をくぐってすぐ、サークルの立て看板を早坂《はやさか》さんが指さしていう。

「映画撮影サークルだって。楽しそ～」

はしゃぐ早坂《はやさか》さん。

「夏、一緒にショートフィルム撮ったよね。牧《まき》くんが監督して」

「『回し蹴り探偵Qの温泉推理』」

「映画撮影サークルはありだね」

そういったあとで、早坂《はやさか》さんは恥ずかしそうに笑う。

「私ってダメだね。大学は勉強しにいくところなのにね」

「いいんじゃないかな。何事も楽しいほうがいいし」

「桐島《きりしま》くんは私を甘やかしすぎだよ。もっと意識高いことといっていいんだよ」

早坂《はやさか》さんがくっついてくる。

部室で火花が散ったあの日、どうなることかと思ったが、なんとかおさまった。橘《たちばな》さんも早《はや》坂《さか》さんも自分がいいすぎたと思ったらしく、互いに謝った。

「早坂《はやさか》さん、ごめんね。カッとなって、司郎《しろう》くんに愛された自慢しちゃって」

「ううん、はしたない言葉使っちゃってごめんね。使われたとか全部事実だけど、ごめんね」

眉を小刻みに痙攣《けいれん》させながら、ふたりは張りついた笑顔で握手をしていた。

しかし、その日から彼女たちはポップコーンを投げ合うような、ふわふわの戦いをはじめた。

本来優しい女の子たちだから、絶妙に手加減はしていた。

学校では公認彼女の橘《たちばな》さんが優勢で、休み時間になるたびに教室にやってきては俺の腕にくっつきながら、「み〜!!」と早坂《はやさか》さんを威嚇し、早坂《はやさか》は遠くで、「ぷんすかっ〜！」と地団駄を踏んでいた。

こうなるとみせつけられる格好になるから、早坂《はやさか》さんが「うわ〜ん！」となる。

「私が彼女だよね？」

予備校の帰りに、俺の手を強く握っていう。

「そろそろちゃんと橘《たちばな》さんにいってあげてよ。もう別れたって。私、かわいそうだから我慢してるんだよ？　桐島《きりしま》くんにフラれちゃってかわいそうだから、学校では、橘《たちばな》さんの前では、あんまり彼女っぽいことしないようにしてるんだよ？　でも橘《たちばな》さんいつまでも桐島《きりしま》くんの彼女気分のままだし、桐島《きりしま》くんが好きだから抱いてくれたって勘違いしてるし――」

そして学校でもあまり遠慮しなくなり、彼女のように振る舞うようになった。

「桐島《きりしま》くん好き～」

教室で、普通にみんながみている前でくっついてこようとするし、手をつないで帰ろうとしたり、俺と夜中まで通話していることを友だちとの会話でいうようになったりもする。

こうなると状況がわるくなる。

不道徳な女の子は歓迎されない。早坂《はやさか》さんは、はた目には彼女持ちの男子を略奪しようとしているようにみえてしまう。学校では、俺はどこまでいっても橘《たちばな》さんの彼氏なのだ。

休み時間、教室のなかで耳を澄ましていると、こんな声がきこえてくる。

「あかね、なんか変な方向にいってるよね」

「他人の彼氏に手だそうとするとかサイアク」

「早坂《はやさか》さんには幻滅したな。もっとまともな人だと思ってたのに」

年末、早坂《はやさか》さんは学校に内緒でメイド喫茶のバイトをしていた。客のなかに学校の生徒がいたらしく、メイド姿の早坂《はやさか》さんの画像が出まわっていた。クリスマスパーティーでサンタガールになり、他校の男子ふたりに挟まれてにこにこしていたこともあり、それらと俺との怪しい関係が相まって、『サセコ』と陰口をいわれるようになっていた。

「えへへ」

ある日の帰り道、早坂《はやさか》さんは力なく笑っていった。

「私、桐島《きりしま》くんの彼女なのに、ただ桐島《きりしま》くんのこと好きなだけなのに、みんなにめちゃくちゃいわれる。なんでだろ、えへへ」

俺はなにもいえなかった。

「なんとかしなよ」

その次の日、酒井《さかい》に呼びだされていわれた。

「あかねの評判、どんどんわるくなってるよ。病んじゃっても知らないよ」

そんな早坂《はやさか》さんのガス抜きの意味も込めて、オープンキャンパスにきたのだった。

そしてその効果はあった。学校以外の場所でふたりきり、彼女としてしっかり振る舞えることで、早坂《はやさか》さんは元気いっぱいになった。俺は今日、どこかのタイミングで、学校では大人しくするよう早坂《はやさか》さんにいうつもりだ。

「桐島《きりしま》くん、いこ～」

「ああ」

早坂《はやさか》さんと手をつないで、校舎のなかに入っていく。

キャンパスツアーで学内の施設をみてまわり、講堂で学部の説明を受ける。先輩たちの話もきく。理系志望の早坂《はやさか》さんが研究室の見学にいくところで、いったん俺はひとりで行動することにした。オープンキャンパスにきた目的は、もう一つある。

「ごめん、会いたい人がいるんだ」

俺がいうと、早坂《はやさか》さんは「いいよ」とにこやかにこたえる。

「私、いろんな研究室みて、モチベーション高めとくね!」

最高に健全な早坂《はやさか》さんだった。ふたりきりだと、こんなにも素直でかわいいのだ。

俺は建物の外にでて、講堂の前にある大きな欅《けやき》の木の下にあるベンチに腰かける。しばらく待っていると、派手な色の髪の女の人がやってきてとなりに腰かけた。

橘《たちばな》さんのお母さんが経営するバーでアルバイトをしている大学生。

国見《くにみ》さんだった。

◇

「どう?」

「髪の色変えたんですね」

「似合ってます」

国見《くにみ》さんの髪の色は、以前はピンクだったが、今はブルーになっていた。耳のピアスも増えている。

「どうだい我が大学は」

「静かで、とてもいいところですね」

「受験しなよ」

「簡単にいいますね」

国見《くにみ》さんはバイト中にビールを注いでは自分で飲んでいるくされ大学生だ。しかし実はＩＱ１８０と謳《うた》われる恋愛ノートの作者であり、国見《くにみ》さんが通うこの大学も正真正銘の難関大学だった。

「それで大学生になったら戻ってきなよ、バイト。また一緒にジャガイモの皮剝こう」

俺は受験に集中するためという理由で、年が明けたところでバイトを辞めた。オーナーの玲《れい》さんにそれを伝えたのが病室だったから、国見《くにみ》さんとはバタバタした別れになってしまった。だからオープンキャンパスを機に、改めて挨拶しようと思ったのだ。

ちなみに玲《れい》さんは快く俺を送りだしてくれた。ただ、「娘の彼氏に受験失敗されたら困るしね」といわれた。玲《れい》さんは大人だから、俺たちの恋がこじれていることに気づいている。『娘の彼氏』という言葉を使って、釘《くぎ》を刺された格好だった。

そのことを話すと、国見《くにみ》さんはけたけたと笑った。

「あの腰つきがいい感じのほうの女の子を選ばないとバイト戻ってこれないね」

それから俺たちは互いの近況を報告しあった。

時間は過ぎ、早坂《はやさか》さんの研究室見学が終わるころ、俺はずっとききたかったことを口にした。

「恋愛ノート、まだつくってるんですか？」

「まあね」

「それって、未完だからですよね」

恋愛ノートは恋の奥義書《おうぎしょ》だ。しかしここへきて、俺にはそこに足りない要素があることに気づいていた。恋愛ノートはたしかに男女が仲良くなるための方法や心理学についての記載がある。でも、よく考えてみれば何事もはじまりがあれば終わりがある。ノートには明らかに、恋の終わりについての考察が抜けていた。

「どうだろうね」

そこまで深くは考えてない、と国見《くにみ》さんはいう。

「でも恋愛を体系的にとらえれば、ノートだけじゃなく、世の中にある全ての恋愛における考察について、クロージングの部分がおろそかになっているのはまちがいないだろうね」

俺たちに必要なのは正しい恋の終わらせかただった。

「桐島《きりしま》の場合は手っ取り早い方法があるけどさ」

「なんですか、それ」

「東京駅、大変だったんでしょ」

国見《くにみ》さんは、玲《れい》さんから話をきいたらしい。

玲《れい》さんは病室の費用をだしてくれたから、全てを知っている。

「壊れちゃった女の子、ホントのことを記憶から消しちゃってるんでしょ？」

それが、俺が誰にもいっていない真実。

認識を歪《ゆが》めるとかではなく、東京駅で起きた出来事の一部を完全に記憶から消してしまっている。

「その真実を本人に突きつけたら、自分から離れてくと思うけどね。ひとりがいなくなって、ひとりが残る。全部解決」

「それはできませんよ」

「だろうね。記憶から消すくらいだから、思いだしたら壊れるとかそんなレベルじゃ済まないだろうしね」

だから俺は、なにもふれないようにしているのだ。その真実に比べれば、自分が選ばれたと思い込むことくらい、些細《ささい》なことだ。でも——。

「そうなると、まあ、難しいよね」

国見《くにみ》さんのいうとおりで、俺はふたりに冷たくすることができなかった。本当に、どちらかひとりを選んで、納得のある幕引きができるのだろうか。

「そこでこれを桐島《きりしま》に授けよう」

国見《くにみ》さんが四つ折りにしたルーズリーフの切れ端を差しだしてくる。

「なんですか？」

「新しい恋愛ゲーム」

脈絡なくぶち込んでくるな。

「講義中に寝る間を惜しんで考えたから」

国見《くにみ》さんは大学生になっても恋愛ノートをつくっている。それは真・恋愛ノートと呼ばれ、高校在学時につくられたものを遥《はる》かに越える威力があるそうで、このルーズリーフの切れ端はそこに収録されることになるという。

そういわれると、なんだかその紙片から禍々《まがまが》しい瘴気《しょうき》を感じる。

「え、いらないです」

「いいから持っていきたまえ。これは必ず桐島《きりしま》の助けになる」

カンフー映画の老師みたいなことをいいながら、国見《くにみ》さんは俺のコートのポケットにその紙片を突っ込んだ。まったくいい予感がしない。

「いえ、返します」

「持っていけ。ひりつく時間を約束する」

「ひりつく？　こわい！」

そんな感じでぎゅうぎゅうとせめぎ合っていると、研究室棟からでてくる早坂《はやさか》さんが遠くにみえる。早坂《はやさか》さんは俺の姿を探して、みつけられず、どことなく不安そうに辺りをみまわしはじめる。

「早くいってあげな」

そういいながら、しっかりポケットに紙片を入れる国見《くにみ》さん。仕方がないので俺はそのまま立ちあがる。

最後に、国見《くにみ》さんは意味ありげにいう。

「桐島《きりしま》もいろいろとやろうとしているみたいだけど、相手がそれを求めてるとは限らないよ。特に、こうするのが正しいだろ、って思ってるときは注意したほうがいいかもね。考えの浅さ、みぬかれるよ」

そのときはまだ、なにをいっているのかわからなかった。

それがわかったのは駅への帰り道でのことだった。

「家帰ったら勉強がんばるぞ〜！」

大学を見学して、早坂《はやさか》さんはやる気になっていた。

俺は自分がとても正しいことをしている気持ちになっていた。早坂《はやさか》さんは勉強をがんばっているし、橘《たちばな》さんも最近はピアノの練習に励んでいる。

みんなが将来を見据えて前向きになっている。全員が幸せになる未来を目指して、問題を少しずつ解決して、詰め将棋をしている気分だった。

だから俺はその問題も解決しようとした。

「早坂《はやさか》さん、学校ではもうちょっと距離を取ろう。その、いいにくいんだけど、やっぱり俺は橘《たちばな》さんと付き合ってるイメージだし」

そこに早坂《はやさか》さんが割り込むことで、早坂《はやさか》さんの評判がわるくなっていることをオブラートに包んで話した。芸能人の不倫なんかでも、正妻が擁護され、浮気《うわき》相手が叩《たた》かれる。

俺は早坂《はやさか》さんを守りたいという気持ちだった。でも——。

「桐島《きりしま》くんはほんとクズだなあ」

早坂《はやさか》さんは俺の腕にくっつきながら、明るくいう。

あ、これ、あれだ。地雷踏んだっぽい。

「まだみんなの評判とか気にしてるんだ。私は後ろ指さされても彼女だっていってほしいのに、桐島《きりしま》くんは世間体を気にしていってくれないんだ。正しい自分でいたいんだ。ここまできてるのに、なんか、おかしい！」

早坂《はやさか》さんは笑う。

「なんか感じてたんだよね。勉強とか一緒にがんばっとけば誠実で、正しくて、それで桐島《きりしま》くんひとりで気持ちよくなってそうだなあ、って思ってた。でも私が本当に欲しいもの、くれないよね。ううん、くれようとしてるの。でも桐島《きりしま》くんは、世間の目を気にして、ブレーキをかけちゃうの。世間の価値観にとらわれないとかいって、一番とらわれてるの。私が彼氏をとった女の子になっちゃうからってなに？　そんなのいわせておけばいいのにさ」

そして人差し指をあごにあててなにやら考え込む。

「どうしたら桐島《きりしま》くんが周りの目を気にしなくなってくれるかなあ。どうしたらちゃんと私の彼氏になってくれるかなあ」

そうだ！　と早坂《はやさか》さんは声を大きくする。

「ふたりとも破滅すればいいんだ！　私が全然いい子じゃなくて、すごくわるい子で、桐島《きりしま》くんがクズだってバレればいいんだ！　私たちがやってきたこと、全部バレちゃえばいいんだ！　そしたらみんなめちゃくちゃ叩《たた》いてくれるよ！　私がちょっとスカート短くするだけで『こんなの清楚《せいそ》な早坂《はやさか》さんじゃない！』って怒ってた人たちだもん！」

俺は思う。

久しぶりにきたな！　この感じ！　早坂《はやさか》さんスイッチ入りすぎ！

「それで、めちゃくちゃに叩《たた》かれて気にする世間体もなくなったら、桐島《きりしま》くんも、もう気にしないよね？　うわあ、いいなあ、桐島《きりしま》くんがみんなに嫌われて、ひとりぼっちになっちゃったらいいんだ。そしたら桐島《きりしま》くんは私だけのものだもん」

「いや、それだと早坂《はやさか》さんも」

「なんで？　なんで桐島《きりしま》くんが私の心配するの？」

早坂《はやさか》さんは、本当にわからないという顔をしていう。

「桐島《きりしま》くん、私が傷つくの好きでしょ？　ぼろぼろになったところ、みたいんでしょ？　えへへ、大丈夫だよ。桐島《きりしま》くんが彼氏でいてくれるなら、私、どんなことになっても平気だから。ちょっとぎゅっとしてくれるだけで、幸せだから」

どうやって叩《たた》かれようかなあ、と早坂《はやさか》さんはいう。

俺はどうやって早坂《はやさか》さんを止めようかなあ、と思う。

「そうだ、桐島《きりしま》くんのために撮った動画、流出させよっか」

「ちょっと、それはほんとダメだって」

「なんで？　私、中学のころからみんなのオカズにされてるよ？　体操服着てるところとか、水着になってるところとか、いつのまにか写真撮られて、みんなにまわされてるの」

動画もみせちゃえばいいよ、と早坂《はやさか》さんはいう。

「うわあ、それいいなあ。私、桐島《きりしま》くんの名前呼びながらしてるから、みんな私のこと叩《たた》くんだろうなあ。でも、一緒にめちゃくちゃになれるね。ちゃんと彼氏彼女だってわかってもらえるね」

早坂《はやさか》さんは自己破壊のアクセルをどこまでも押し込もうとする。

俺は早坂《はやさか》さんに不幸になってほしくないとかいって止めるけど、俺は橘《たちばな》さんとも関係がある状態で、なにをいっても説得力がない。でもこれ以上早坂《はやさか》さんに傷ついてほしくないのは本当で、だからいう。

「わかった、俺がめちゃくちゃになるから。世間体気にするのもバカらしくなるくらいのこと、俺がするから。だから早坂《はやさか》さんはもっと自分を大切にしてくれ」

でも、なにをしたらいいんだろうか。

めちゃくちゃに叩《たた》かれて世間体もなくなって、俺にひとりぼっちになってほしいと早坂《はやさか》さんはいう。でも法を犯すわけにはいかないし。

なんて考えていると早坂《はやさか》さんがいう。

「……じゃあ着てよ」

「なにを？」

「私のスクール水着」

◇

美術の時間のことだ。

選択科目だから、クラスのちがう橘《たちばな》さんもいて、早坂《はやさか》さん、酒井《さかい》、牧《まき》もいる。

以前はこの美術の時間に、なんとなく集まって会話をしていた。早坂《はやさか》さんが楽しそうにおしゃべりをして、酒井《さかい》がきいてるのかきいてないのかわからない相づちを打って、牧《まき》がテキトーなことをいって、橘《たちばな》さんはしれっとした顔で俺の足をつっつく。

みんなが仲いいわけじゃないけど、ゆるやかなつながりがあって、居心地のいい時間が流れていた。

でも今はもう、みんな会話することもなくなって、ただスケッチブックに向かっている。

いつかあの頃のことを、青春の一ページとして思いだすことができるだろうか。

そんなことを考えるけど、多分、俺は思い出に浸る資格はない。この美術室を美しかった記憶にすることはできない。なぜなら——。

俺は今、制服の下にスクール水着を着ているからだ。

しかも、デッサンモデルをしていた。

円形に座るみんなの中心で、ポーズをとっている。彼らは俺の制服のしわを観察して、どんなふうに描くか考えているのだろう。まさかその下に女子用のスクール水着があるとも知らずに。

俺は今、かの有名な彫刻『考える人』と同じポーズをとっている。そして、そんなポーズをとりながら考えていることといえば、水着が小さくてちょっと痛いとか、シャツからもう透けちゃってない？　とか、そんなことばかりなのだった。

さしものロダンも、まさか遠い未来の日本で、高校生の男の子が制服の下にスクール水着を着て、そのポーズを真似《まね》るとは想像すらしなかっただろう。

でもここから俺はさらなる地獄の門を開かなければならない。

みんなの前で俺が脱衣してスクール水着姿をさらす。

それが早坂《はやさか》さんの望んだことだ。


オープンキャンパスのあと、早坂《はやさか》さんはいった。

「桐島《きりしま》くんもみじめになってよ」

俺たちはまたデパートの屋上でパンダカーに乗っていた。今度は早坂《はやさか》さんが後ろで、俺の背中にくっついていた。

デパートの屋上はいつも夕暮れだ。

その雰囲気にあてられて、俺は今まで黙っていたことをいう。

「本当はちゃんとわかってるんだろ」

俺が抜け駆け禁止のペナルティの内容を知らなかったことも、早坂《はやさか》さんを抱かなかったのは体を大切に想《おも》ったとかそんなきれいごとじゃないことも、俺に選ばれて彼女になったと思い込んでることも、健全早坂《はやさか》さんも全部――。

「演技なんだろ？」

早坂《はやさか》さんは、「うん」と俺の背中に顔を押しつけたままこたえる。

「だって、そうしないと桐島《きりしま》くんをつなぎとめておけないんだもん。橘《たちばな》さんが全部一番になっちゃったんだもん。全部、負けちゃったんだもん」

でも私が壊れてれば、桐島《きりしま》くんずっとかまってくれるし、と早坂《はやさか》さんはいう。

「桐島《きりしま》くんはね、かわいそうな女の子が好きなんだよ」

橘《たちばな》さんと話したことがあるらしい。

「桐島《きりしま》くん、小さい頃に橘《たちばな》さんと出会ったんでしょ」

そうだ。夏休み、親戚の家に滞在していた。その近所の公園で、俺は橘《たちばな》さんと出会った。

「橘《たちばな》さん、いってたよ。『司郎《しろう》くんが声をかけてくれたのは私がひとりで寂しかったからだと思う』って」

俺は当時の記憶を呼び覚ます。公園のなかにはたくさんの子供が遊んでいて、でも、橘《たちばな》さんはジャングルジムの上にひとりぼっちで、つまらなそうな顔をしていた。

「桐島《きりしま》くんはね、かわいそうな女の子を好きになるんだよ。そういう傾向なんだ」

「そんなつもりはないけど……」

「だからね、私は橘《たちばな》さんよりもかわいそうじゃなきゃいけないの。橘《たちばな》さんよりも壊れてなきゃいけないの」

「だからって、自分で自分を傷つけるのはよくないよ」

「もういいって、そういう誰でもいいそうなこと」

橘《たちばな》さんもわかってると思うよ、と早坂《はやさか》さんはいう。

「桐島《きりしま》くん、選ぼうとしてるでしょ。私たちの将来を考えてる感じで、それで私たちをうまく整えて、丸くおさめようとしてるでしょ」

それに、めちゃくちゃムカついているという。

早坂《はやさか》さんは俺の背中に頭をぽんぽん当てる。

「なんで橘《たちばな》さんとやっちゃうかなあ」

明るいけど、涙声。

「今から桐島《きりしま》くんが私を選んでくれたとしてもさ、なんだか哀《かな》しいよ。だって橘《たちばな》さんとは初めて同士でさ、それをきれいな思い出にしたまま私のとなりにいるんでしょ？」

俺と橘《たちばな》さんがしたと知ったとき、自分もしようと思ったのだという。

「でも、できないって思った。だって、こわいもん。橘《たちばな》さんの体で初めて女の子を知ってさ、それって絶対特別で、そんなのと比べられたら、なにやっても勝てる気しないんだもん」

早坂《はやさか》さんは後ろから俺を強く抱きしめる。

「今もね、桐島《きりしま》くんの体さわりながら、最後までできるかずっと考えてる。でもやっぱりこわい。橘《たちばな》さんと比べられて、がっかりされるの、こわい」

私はもう選ばれてもなにやっても二番目なのにさ、と早坂《はやさか》さんはいう。

「それなのに桐島《きりしま》くんはなんか真面目な顔して、選ぼうとして、それで選んできれいに決着つけましたみたいな顔しようとしてるんだもん。そんなのムカつくし、許せないし、桐島《きりしま》くんのこと大好きだけど大キライになるし、それでも選ばれなかったら泣いちゃうし、じゃあ私を選んでくれたらいいかっていうと、それで橘《たちばな》さんとのことをきれいな思い出みたいにされるのもちがうよって感じだし」

そういいながら、パンダカーの上で足をぱたぱたさせる。

幼い頃の早坂《はやさか》さんはここで、お父さんとお母さんの愛を一身に受けて、笑っていたのだ。その幸せの延長線上にいてほしいと思う。陽だまりのような笑顔でいてほしいと思う。

「わかった。俺、みじめになるよ。誰からも見捨てられて、もう正しいことしてるみたいな顔できなくなるくらいにさ。だから、もっと自分を大切にしてくれよ」

多分、早坂《はやさか》さんは本当に俺のことが好きなのだ。好きだからこそ、好きで好きで好きだからこそ、相手を破壊したくなるし、落ちてきてほしい。そうしてひとりぼっちになった俺を愛したいのだ。そう、思った。

そして美術室。

だんだんと授業の終わりが近づいてくる。

そろそろ、制服を脱がなければいけない。

美術室は阿鼻叫喚《あびきょうかん》につつまれるだろう。みんなの学《まな》び舎《や》の思い出を汚すことになる。あまりの光景に泣きだしてしまう女の子だっているかもしれない。

でも、俺はそれをやらなければいけない。

スクール水着は早坂《はやさか》さんにとっての、ある種の象徴なのだ。清楚《せいそ》を求められる一方で、そういうものに対してみんなは劣情を抱いてきた。

俺がそれを着てみんなの前で無様な姿をさらすことで、早坂《はやさか》さんの代わりにその肖像、イメージを壊すのだ。

代役としての破壊。

俺がそれをすることでずっと清楚《せいそ》なアイコンとして苦しんできた早坂《はやさか》さんが救われることになる……と考えそうになって、俺は我に返って思う。

いや、やっぱこれ、ただの早坂《はやさか》さんの暴投だろ。

スクール水着、下手したらちょっと面白いし。

いつものポンコツアイディアじゃないの？

俺はやらない理由を探してしまう。

でも、これをやらないと早坂《はやさか》さんはますます濁るだろう。

最近、休み時間にみんなの輪のなかで過激な発言をしている。

「私、キスするの好き」「ラブホもいったことあるよ」

そうやって、どんどん自分で評判を落としている。このままでは早坂《はやさか》さんの学校生活の居心地が最悪のものになってしまう。

俺はこれを止めなければいけない。

だから俺は、自分が最高にみじめになるために、制服を脱ぎ捨てようとシャツのボタンに手をかける。そのときだった。

早坂《はやさか》さんがスケッチブックを置いて立ちあがり、俺の前までやってくる。

「いいよ、やらなくて」

椅子に座った俺の肩をつかむ。

「やっぱり、ひとりだけみじめになんかさせられないもん」

そういいながら、俺が止めるよりも早く、キスをしてきた。

俺は驚きつつ、でもここで振り払ったりしたら早坂《はやさか》さんが傷つきそうだなとか思っているうちに、早坂《はやさか》さんが舌を入れてきた。

「だから一緒にみじめになろ」

そのまま体重をかけて、俺を床に押し倒してキスをしてくる。

それはふたりきりのときにするキスだった。口のなかをまさぐり、唾液を交換する、湿度の高い感情をぶつけるキス。

早坂《はやさか》さん、なにしてるの⁉

先生が、生徒が、くちぐちに騒ぎたてる。

でも早坂《はやさか》さんはきいてなくて、キスをつづける。いつものように、どんどんテンションをあげていく。

「うあぁあ……桐島《きりしま》くん……うあぁぁ」

喘《あえ》ぎながら、体を起こす。完全にそういうことを連想させる姿勢で、口《くち》の端《は》から涎《よだれ》を垂らしながら、心なしか腰を動かしている。

そして――。

みんなの輪の中心で。

みんながみている前で、いった。

「したいよぉ……桐島《きりしま》くんとえっち、したいよぉ……」

◇

数日後、しょんぼりした顔で早坂《はやさか》さんが廊下を歩いていた。

「私、停学になるかも」

美術室の一件ではない。あれはあれで俺も早坂《はやさか》さんも職員室に呼びだされた。学年主任も担任も、俺たちのしたことに怒りもせず、共感もせず、「十代の多感な時期」という事務的な言葉を使って淡々と注意して終わった。

　大人の世界からすればあなたたちのしたことは理解不能ですが驚くほどのことではございません。そんなわざとらしく澄ました顔をしていた。

　早坂《はやさか》さんが停学になりそうになっているのは別の理由だった。

「誰かが私がバイトしてたことを先生にいったみたい」

　メイド喫茶で働いていたときの写真まで丁寧につけてご注進があったらしい。

「そっちはめちゃくちゃ怒られて、けっこう問題になるみたい」

　多分、校則違反のバイト問題はわかりやすく定型が用意されているからだ。定型的な指導、定型的な怒り、簡単になぞることができる。

「いい子貯金ってなかったんだなあ」

　早坂《はやさか》さんがいう。

「なにそれ」

「ずっとみんなが望むいい子にしてたのに、全然意味なかったってこと。結局、都合よく使われてただけ、みんなが気持ちよくなってただけ。自分が気持ちよくなれない早坂《はやさか》さんなんて、チクってもなにしてもいいんだよ」

　あ〜あ、と早坂《はやさか》さんは弱々しく笑う。

「ホントにふたりぼっちになりたいな」

早坂《はやさか》さんは自分からめちゃくちゃになろうとした。

でも、やっぱりこんな状況に慣れていなくて、落ち込んでいるようだった。今までいい子にしていたから当然だ。休み時間のたびに生徒指導室にいって、陰口を叩《たた》かれて、よそよそしく話しかけられる。

表面上は普通の日常生活を送っている。

でも、これまでの早坂《はやさか》さんは崩壊してしまった。

あからさまに女子の友だちは減っている。ひとりでいるか酒井《さかい》とふたりでいるところをよく目にする。かわいいアクセサリーとして機能しないから、いらなくなったのだ。

男子からの扱いも変わった。これまでの理想のお嫁さんという清楚《せいそ》なイメージが消え去り、遠慮のない下心だけが残った。性を感じさせる女の子は、軽くみられる傾向がある。このくらい平気なんでしょ、とばかりに距離感近く話しかけられたり、呼び止められるときに肩をさわられたりする。そんなボディタッチが増えるだけでなく、会話のなかでも品のないネタを振られることが増えていた。

「でもいいんだ、これでいいんだ」

早坂《はやさか》さんはそういっていた。

でも俺はそれでも早坂《はやさか》さんの世間体をどうにか取り繕ってあげたかった。とはいえアイディアもなければ余裕もなかった。

どちらかというと俺のほうが当たりがきつい。

完全に二股男であり、クズで、ヘイトを集めていた。

「桐島《きりしま》、どういうことなの？」

ある昼休み、おせっかいな女の子が何人か引き連れて俺のところにやってきた。

「橘《たちばな》さん、ずっと机に伏せてるんだけど⁉」

これには弱った。なぜなら、どういうことか説明しても彼女たちは絶対に納得しないだろうし、俺たちからすれば他の人を納得させる必要もないからだ。

でも俺と橘《たちばな》さんが文化祭カップルであることもあり、みんなが注目し、あれこれいいたい気持ちもよくわかった。いや、わかるというより、世間の恋愛に対する関心の持ち方や、ニュースへの反応をみて、そういうものなのだと受け入れていた。橘《たちばな》さんが支持され、俺と早坂《はやさか》さんがあしざまにいわれるのは一般的なリアクションだった。

早坂《はやさか》さんが離れた席で『ごめんね』という顔をしている。私が変なことしちゃって。

俺はふたりのことが好きで、みんなが幸せになれるようにと思って動いてきた。なぜ、こんなことになってしまったのだろう。

いずれにせよ、周囲の状況を落ち着かせたい、そう思ったそのときだった。

「桐島《きりしま》はわるくないんだ」

その人は颯爽《さっそう》と教室に入ってきた。よく通る声でみんなが注目する。

「早坂《はやさか》ちゃんもわるくない」

柳《やなぎ》先輩だ。俺たちのほうをみながらいう。

「ふたりはなにも変なことはしてないんだ。桐島《きりしま》が浮気《うわき》したわけでも、早坂《はやさか》ちゃんが略奪したわけでもない」

みんなが嫌いな不道徳な恋をしたわけじゃない。なぜなら――。

「桐島《きりしま》はちゃんとフリーになってから早坂《はやさか》ちゃんと付き合ったんだ。普通だろ？」

わるいのは俺なんだ、と柳《やなぎ》先輩はいう。

「ふたりを責めないでくれ。原因は俺なんだ。俺が彼氏持ちの女の子にアプローチして、別れて俺と付き合ってくれって頼んだんだ」

その結果として――。

先輩はひときわ大きな声でいう。

「今、橘《たちばな》ひかりは俺と付き合ってる」


教室が静まり返る。

俺は思う。

これ、どうなるんだろう。

第32話　恋人ローテーション

ある週末、午前中のことだ。

俺は浜波《はまなみ》と一緒に繁華街にきて、スニーカーショップの入り口に開店前から並んでいた。

「すいません、朝からわざわざ」

「いいって、いいって」

浜波《はまなみ》の彼氏である吉見《よしみ》くんはバッシュの収集が趣味らしい。海外の限定モデルが今日発売なのだが、吉見《よしみ》くんはバスケ部の練習がある。そのため俺と浜波《はまなみ》がやってきたのだ。

「桐島《きりしま》先輩、これどうぞ」

缶コーヒーを手渡される。

「お駄賃です」

目当てのバッシュは人気のモデルで、購入抽選に当たらないと買えない。そのため少しでも確率をあげようと俺が駆りだされた。

「しかし浜波《はまなみ》もけなげだよなあ。彼氏のために朝からならぶんだから」

「否定はしません」

浜波《はまなみ》はつんと澄ました顔をしながらも、照れくさそうに耳あてのついたニット帽を深くかぶりなおす。頬を赤くして、白い息を吐いている。

冬のよく晴れた朝、空気はとても爽やかだ。

「ところで浜波《はまなみ》、俺にききたいことあるんじゃないのか？」

「いえ、特にないですよ」

浜波《はまなみ》はしれっとした顔でそっぽを向く。

「いや、あるだろ。絶対、一年の教室でも噂《うわさ》になってるだろ」

「知りませんね～」

「ききたいんじゃないかなあ」

「バッシュを買ってとっとと帰りましょう」

「柳《やなぎ》先輩が教室に入ってきてさ」

俺の言葉の途中で浜波《はまなみ》が耳に手をあてる。

「その後どうなったかっていうと――」

「あ～あ～あ～あ～あ～」

なにをいうかより、誰がいうかだ。

柳《やなぎ》先輩はみんなの前で、橘《たちばな》さんと付き合っていると宣言した。

『全部、俺がわるいんだ』

柳《やなぎ》先輩が描いたストーリーはこうだ。柳《やなぎ》先輩はずっと橘《たちばな》さんのことが好きで、俺と付き合っていた橘《たちばな》さんを強引に口説き落とした。失意に沈む俺を早坂《はやさか》さんが励ました。そして俺と早《はや》坂《さか》さんが付き合うようになった。

柳《やなぎ》先輩のいうことだから、教室のなかも、まあ、そういうことなのだろう、という空気になった。わかりやすい結論が用意されて、それ以上なにかいう必要がなくなった感じだ。

俺と早坂《はやさか》さん。

柳《やなぎ》先輩と橘《たちばな》さん。

表面上その組み合わせにすることは世間の価値観に合致する。一対一の関係性で、ちゃんと別れたあとに別の人と付き合いました。柳《やなぎ》先輩だけが彼氏持ちの女の子を口説いたという悪徳を背負うことになるが、柳《やなぎ》先輩は周囲からなにかいわれるタイプじゃないし、なにより三年生でもう卒業する。

世間体を取り繕うために、ぎりぎり妥当といえる方法だった。その場はそれでおさまった。

ただ、ひとりだけ、クラスのちがう橘《たちばな》さんには寝耳に水だったろう。

放課後、学校から離れたカフェに集合することになった。

四人掛けのテーブルに俺と早坂《はやさか》さんがならんで座り、向かいに柳《やなぎ》先輩が座っている。しばらく無言でいると、冷たい表情の橘《たちばな》さんが店内に入ってきた。

早足でやってくる。そしてテーブルの上に置かれた水のグラスを持つやいなや、無言で柳《やなぎ》先輩にぶっかけた。

「ごめん」

柳《やなぎ》先輩はハンカチで顔を拭きながらいう。

「話がしたいんだ。座ってくれないか」

橘《たちばな》さんはまだ柳《やなぎ》先輩を睨《にら》んでいる。

「桐島《きりしま》に二股男として残りの高校生活を送らせるか？」

そういわれて、橘《たちばな》さんは乱暴にカバンをテーブルに置いて座った。

「どういうことかきかせてもらおうか。桐島《きりしま》はひかりちゃんと付き合ってたはずだ。なんでこんなことになってる。俺にはきく権利くらいあるだろ」

こたえたのは早坂《はやさか》さんだった。

「私ね、柳《やなぎ》くんのことが好きだったんだ」

複雑な表情を浮かべる柳《やなぎ》先輩。

「でもね、その恋が叶《かな》わないって思って、桐島《きりしま》くんに相談してたの。そのうち桐島《きりしま》くんのこと好きになっちゃって、なあなあの関係になってたんだけど、桐島《きりしま》くんの初恋が叶《かな》って、橘《たちばな》さんとも付き合うようになって――」

早坂《はやさか》さんはかなりぼかして語った。橘《たちばな》さんに、彼女が一番の女の子であるという認識を与えたくなかったのかもしれない。

柳《やなぎ》先輩は話をきいて、ため息をつく。

「お前、そんな半端《はんぱ》なことしてたのか」

「すいません」

「ひかりちゃんも知ってて桐島《きりしま》と付き合ってたのか」

橘《たちばな》さんはなにもこたえない。学校で堂々とアオハル彼女をすることが好きだったのだ。それを壊されて、相当怒っている。

無言の時間がつづく。

やがて柳《やなぎ》先輩が口を開く。

「当分、この組み合わせでやってみないか」

それは柳《やなぎ》先輩が世間体を取り繕うためにつくった俺と早坂《はやさか》さん、先輩と橘《たちばな》さんという組み合わせで、仮初めの恋人をやってみようという提案だった。

「絶対イヤ」

橘《たちばな》さんが強く拒絶する。でも、柳《やなぎ》先輩は引かなかった。

「最後のお願いだ」

そういって、頭を下げる。橘《たちばな》さんが戸惑う。橘《たちばな》さんはプライドや体面を捨てて向かってこられると弱い。

「俺が卒業するまででいい。期間限定でいいから俺の恋人になってほしい。こんなことをいうと卑怯《ひきょう》だが、俺はひかりちゃんのためにそれなりのことをしたと思う。それに免じて一度だけチャンスをくれ。もし卒業までに心が動かなかったら、俺はもう二度とひかりちゃんの前には現れない。誓うよ」

橘《たちばな》さんは感情のやり場がないようで、困ったように眉をよせながら視線をさまよわせる。

そして、「正直にいって」と前置きしてからいう。

「柳《やなぎ》くん、早坂《はやさか》さんに恋の相談してたんでしょ？」

「ああ」

「もし私にフラれたら早坂《はやさか》さんとどうなるつもりだった？」

先輩は表情から力を抜いて、正直にいう。

「きっと、早坂《はやさか》ちゃんに付き合ってくれって頼んでたと思う」

橘《たちばな》さんはしばらく難しい顔をしていたが、やがてとても冷静な口調でいう。

「早坂《はやさか》さんとふたりきりで話したい」

そういうので、俺と柳《やなぎ》先輩は店の外にでた。

軒先で、無言でスマホをいじる。

やがて柳《やなぎ》先輩が口をひらく。

「多分、ひかりちゃんはこの提案をのむ。桐島《きりしま》の評判を守るために、借りを返して自分の人生からきれいに俺を消してしまうために」

一時的とはいえ柳《やなぎ》先輩の彼女になれば、橘《たちばな》さんが一途《いちず》でないと周囲に思われるが、彼女はそんなこと気にしないだろう。

「俺はその残りの二か月で必ずひかりちゃんを振り向かせてみせる」

先輩は自分にいいきかせるようにいった。

しかし女子ふたりのだした結論は予想外のものだった。戻ってくるようスマホにメッセージが届き、俺と柳《やなぎ》先輩がテーブルに着いたところで、橘《たちばな》さんがいう。

「最初の一か月を私、次の一か月を早坂《はやさか》さんが柳《やなぎ》くんと付き合う」

「え？」

柳《やなぎ》先輩が戸惑いの声をあげる。

俺も驚きとともに彼女たちをみる。

橘《たちばな》さんは冷静な温度を保ち、早坂《はやさか》さんは強くうなずく。

つまり――。

ローテーションで恋人をするというのだ。

◇

「え〜ん、え〜ん」

「浜波《はまなみ》、なにを泣いてるんだ？」

「お、お、お、お前がこわい話をきかせるからだろ〜!!」

スニーカーショップが開店し、ふたりでレジにならんでいた。

浜波《はまなみ》は外れたが、俺が購入抽選に当たったので買うことができる。

「そんなにこわいか？」

「こわいに決まってるじゃないですか！　え、なんできょとんとした顔してるんですか？　倫理と社会常識どっかに置き忘れてきました？」

橘《たちばな》さんと早坂《はやさか》さんがローテーションで柳《やなぎ》先輩の恋人をする。柳《やなぎ》先輩の恋人をしてないときは俺の恋人をする。

「頽廃《たいはい》の香りがすごいんですよ！　東京を背徳の街にしないでください！　ソドムとゴモラ！」

浜波《はまなみ》が絶叫する。相変わらずキレがある。

「橘《たちばな》先輩と早坂《はやさか》先輩はどんな気持ちで交互に柳《やなぎ》先輩の恋人をするんでしょうかねえ！　ていうか、そのローテーション本当にちゃんとできるんですか？」

「そのためにルールをつくった」

「でたルール！」

俺たちは四人で話し合って、恋人ローテーションのルールを決めた。

一つめは、期間を柳《やなぎ》先輩が卒業するまでの二か月間にすること。最初の一か月を柳《やなぎ》先輩と橘《たちばな》さん、俺と早坂《はやさか》さん。次の一か月を柳《やなぎ》先輩と早坂《はやさか》さん、俺と橘《たちばな》さんという組み合わせ。

二つめはハグ以上のことはしないこと。キスも禁止。このローテーションはあくまでトライアルであり、過激なことは禁止になった。

三つめは、可能な限り四人でデートすること。ふたりでデートするときは、定期的に他のふたりに画像を送ること。これは二つめのルールがちゃんと守られているか確認するためだ。

最後にチャンスがほしいと柳《やなぎ》先輩が橘《たちばな》さんに頼んだのがきっかけだった。

しかし、もう別の文脈が発生している。おそらく橘《たちばな》さんには橘《たちばな》さんの、早坂《はやさか》さんには早坂《はやさか》さんの思惑がある。そして――。

「もしかして桐島《きりしま》先輩、これを使ってソフトランディングするつもりなんですか？　ひとりを選ぶともうひとりが傷つくから、誰かひとりが自然に柳《やなぎ》先輩のところにいけば丸くおさまるなんて考えてるんじゃ――」

俺は沈黙で肯定する。その瞬間。

「学んでない！　なに一つ学んでない！　桐島《きりしま》先輩の狙いが上手《うま》くいったことなんてない！」

「たった一回、この最後の成功のために失敗をつづけてきたのかもしれない。失敗は成功の母というだろ」

「こんなやつに引用されるなら、エジソンもいわなかった！」

浜波《はまなみ》はそういったあとで、ひと息ついてテンションを整える。

「冗談はさておき、どんな感じになるか想像もつかないんですけど」

「昨日さっそく四人で出かけてきた」

「うわぁ…………で、どこいったんですか？」

「室内プール」

レジャー用の温水プールだ。かなり広く、流れるプールもあった。

「もちろん、女子ふたりも水着なわけですよね」

俺は「ああ」とこたえる。

早坂《はやさか》さんも橘《たちばな》さんもかなり露出の高い水着だった。

その日、俺たちは駅に集合してプールに向かった。

四人一緒だけど、ダブルデートをするわけではない。互いのカップルがルール違反をして過激なことをしないよう、抑止力を働かせるために同じ空間にいるだけだ。

だからプールサイドに集まったところで、すぐに別行動となった。

早坂《はやさか》さんはウォータースライダーに大はしゃぎだった。

「ハグまではオッケーだからね〜」

そういうので、俺は早坂《はやさか》さんを後ろから抱きしめながらウォータースライダーを滑った。そういえば早坂《はやさか》さんの水着をみるのは初めてだった。

けれど、俺の視線は気を抜くとすぐ橘《たちばな》さんに向けられてしまう。

橘《たちばな》さんは少し離れたプールで、柳《やなぎ》先輩と泳ぎの練習をしていた。橘《たちばな》さんは水泳が苦手だ。

柳《やなぎ》先輩に両手を持ってもらいながら水に顔をつけ、バタ足をしていた。

橘《たちばな》さんは俺以外の男にさわられると吐く。でも柳《やなぎ》先輩が相手なら、手を握られたり、肩をさわられるくらいなら吐かなくなっていた。

でもそれよりも俺の胸が痛くなったのは、息継ぎのときに橘《たちばな》さんがとても苦しそうな表情で顔をあげることだった。

橘《たちばな》さんは普段、クールな表情を崩さない。それなのに、その他の表情を今、柳《やなぎ》先輩にみせている。濡《ぬ》れた髪も、濡《ぬ》れた肌も、全部俺だけのものだったのに——。

そんなことを考えてしまう。

極めつけは、早坂《はやさか》さんに腕に抱きつかれながら、流れるプールを一緒に歩いているときのことだ。俺の意識は完全に早坂《はやさか》さんの体にいっていたわけだが、その早坂《はやさか》さんがいったのだ。

「みて、平泳ぎの練習してる」

みれば、橘《たちばな》さんがプールサイドを手でつかみながら体を浮かせ、その後ろから柳《やなぎ》先輩が橘《たちばな》さんの足首をつかんでいた。平泳ぎの足の動きになるよう、手で動かしている。

「すごい体勢だね」

ショックだった。

平泳ぎだから、後ろを向きながら、橘《たちばな》さんが股を開く動作を繰り返している。しかも、柳《やなぎ》先輩の手によって大きく足を広げられている。

「ふたりとも、ちょっと恥ずかしそうな顔してない？」

早坂《はやさか》さんが耳元でささやく。

「柳《やなぎ》くん、後ろから橘《たちばな》さんをあんな格好にさせて、絶対意識してるよね。どこをみてるんだろうね。あの白い足かな、それとも腰つきかな。それとも……橘《たちばな》さんの水着、すごく布地が小さいよね。あんなに足を大胆に開かされて、ズレたりしないのかな？」

柳《やなぎ》先輩は完全に彼氏の距離で橘《たちばな》さんに接していた。

俺だけがさわれる女の子、俺だけがみれる肌、俺だけが近づける領域、そこに先輩は肉薄していた。俺だけの女の子だったのに──。

早坂《はやさか》さんがとなりにいるのに、今、早坂《はやさか》さんが彼女なのに、俺は先輩の彼女になっている橘《たちばな》さんのことばかり考えてしまう。

そして、俺の気持ちを知ってか知らずか、早坂《はやさか》さんはまたささやく。

「橘《たちばな》さん、押しに弱いよね」

たしかに橘《たちばな》さんは強引に迫られるのが好きだ。

「柳《やなぎ》くん、あの体勢で、後ろから足を開かせて、そういうことしたいって思ってるよね」

俺は京都の夜、自分が橘《たちばな》さんにしたことを思いだす。

「橘《たちばな》さん、全部、上書きされちゃうかもね」

いわれて、想像してしまう。

水着の薄布一枚の向こう側、後ろから強引にされて、苦しそうな顔で喘《あえ》ぐ橘《たちばな》さん。

ありえない未来だろうか。でも俺が橘《たちばな》さんを手放せば、それは当然あるべき未来だ。

手放さなくても、先輩はそうしたいと思っている。

恋人ローテーションをするると決めたあと、柳《やなぎ》先輩は俺とふたりきりになったところでいったのだ。

『俺はルール守らないからな。いけると思ったら、いくからな』

◇

「お〜い、戻ってこ〜い！　桐島司郎《きりしましろう》、戻ってこ〜い！」

「はっ！」

浜波《はまなみ》に呼ばれて、スニーカーショップに意識が戻ってくる。

「俺はなにをしていたんだ……」

「虚《うつ》ろな目でずっと語っていました。もうお会計も済んでますよ。ありがとうございます」

浜波《はまなみ》が大事そうにスニーカーの箱を抱えている。

どうやらプールでの出来事に深くダイブしすぎていたらしい。

「ところで桐島《きりしま》先輩、ずっとスマホいじってますけどなにやってるんですか？」

「橘《たちばな》さんと柳《やなぎ》先輩がデートしてる画像をみてるんだ」

やむをえずふたりでデートするときは、定期的に他のふたりに画像を送るというルール。

俺も早坂《はやさか》さんも予備校に通っているから、常に四人がそろうことは難しい。

けれど、柳《やなぎ》先輩は限られた期間で橘《たちばな》さんを口説かなければいけないから、積極的にデートにいく。そのため、ふたりが遊んでいるときの画像がどんどんたまっていく。

橘《たちばな》さんと先輩が一緒に本屋にいるところ、サッカー観戦をしているところ、手をつないでいる自撮りもある。恋人つなぎ。橘《たちばな》さんはニュートラルな表情だ。

「なんでだろうな、この画像をみていると、ふわふわした気持ちになってくるんだ。苦しいはずなのに、もっとみたい、もっとみたいって思って、もちろんみちゃいけないとも思うんだけど、気づいたらみてしまっているんだ……」

「このドアホ！」

浜波《はまなみ》が俺からスマホをとりあげる。

「順調に脳みそ破壊されちゃってるじゃないですか！　絶対ヤバいですよ。あなたたち、ドラッグより危険なことしてますよ！」

そういいながら、画像を順にみていく浜波《はまなみ》。

「でも、画像がきてるからってなにもしてないって証明にはならないですよね？　例えばこの橘《たちばな》さん、なんか頬が上気してません？　なにやら体を激しく動かしたあとのような……服も乱れている気がしますし……ああ、こっちの画像はチーズリゾットを食べている画像ですか。熱かったんでしょうね。涙目になって、口から白くドロッとしたものをこぼしてますね。でも、この白いの、本当にチーズリゾットですかね？　柳《やなぎ》先輩が一緒にいるわけですよね。これ、もしかして柳《やなぎ》先輩の……って冗談ですよ！　冗談！　からかっただけです！　そんな水面で腹をみせて浮かんでいる魚みたいな目にならないでください！」

このローテーションをはじめてからというもの、酩酊感《めいていかん》がすごい。浜波《はまなみ》は脳が壊されているといったが、そうかもしれない。

今、俺はフロアを歩いているが、自分で足を動かしている気がしない。思考はすぐに橘《たちばな》さんにいってしまう。橘《たちばな》さん、一体どういうつもりなんだ。橘《たちばな》さん、橘《たちばな》さん。

「ああ、橘《たちばな》さん、ここにいたのか。ききたいことがあったんだ」

「私は浜波《はまなみ》です!!」

浜波《はまなみ》っぽい橘《たちばな》さんが絶叫する。この橘《たちばな》さん、ツッコミにキレがあるな。

「正気に戻ってください、正気に！　こんなところに橘《たちばな》先輩はいません！」

「ああ、あそこにいるじゃないか。カラフルなスニーカーを手にとって……」

「橘《たちばな》先輩はカラフルなスニーカー履くタイプじゃないでしょ！」

俺は少し背の低い橘《たちばな》さんに向かって歩いていく。

「こら！　桐島《きりしま》！　カタギの人に迷惑をかけるんじゃない！　アホ！」

ツッコミのうまい橘《たちばな》さんが止めようとするが気にしない。

俺はその橘《たちばな》さんの肩に手を置いて声をかける。

「やあ、橘《たちばな》さん」

ショートカットの、少し幼い橘《たちばな》さんは振り返っていう。

「ああ、桐島《きりしま》さんじゃないですか。これは奇遇ですね」

橘《たちばな》さんの妹、みゆきちゃんだった。つまり、橘《たちばな》さんだ。

◇

俺と浜波《はまなみ》、みゆきちゃんの三人でメインストリートを歩く。

スニーカーショップで、みゆきちゃんがいったのだ。

『浜波《はまなみ》さんにご相談があります』

どことなく、元気がない様子だった。

「あのスニーカー、買わなくてよかったの？」

浜波《はまなみ》が歩きながらきく。みゆきちゃんは店で手にとっていた少年が履くようなカラフルなスニーカーを買わなかった。

「いいんです、欲しかったわけではないんです」

以前はああいう男の子が履くようなスニーカーが好きだったのだが、今はもうちょっと女の子っぽいものを履きたいというのが本心だという。

その変化が悩みらしい。

「私は小さい頃から活発で、男の子の友だちがいっぱいいました。でも最近はみんな遊んでくれません。実はさっきもクラスの男子たちがゲームセンターにいくところで、声をかけたのですが、『お前とは遊ばねぇよ』といわれてしまいました」

もちろん、いじめられたり無視されたりしているわけではない。

「その代わり、男子からふたりきりで遊びたいと誘われることが多くなりました。私は今までみたいにみんなで遊びたいというんですが、そういう関係はもうイヤだといわれてしまいます。私はどうしたらいいんでしょう？」

みゆきちゃんの悩みをきいて、浜波《はまなみ》が「かわいい～‼」と悶絶《もんぜつ》する。

「なんなんでしょうね、橘《たちばな》姉妹が時折だしてくるこの純情少女感は！」

たしかに、十五歳の女の子の悩みって感じだった。

「私がいけないんです。夏に陸上部を引退して、肌がどんどん白くなって、髪も伸ばしてしまいましたから。その頃から、男の子たちがよそよそしくなってしまって」

みゆきちゃんを女の子として意識してしまったのだろう。

「姉と似すぎていたこともあったので、まず髪を短くしました」

初めてフットサルコートで出会ったときはポニーテールだった。でも今は、ショートカットになっている。

「それで服装もスポーツブランドばかり着ていたあの頃に戻そうかと思ったのですが……」

スニーカーを手にとったところで、本当に自分がこれを履きたいかと考えると、わからなくなったのだという。

俺は思う。多分、みゆきちゃんがどれだけ以前と同じような少年っぽい格好をしたとしても、もう元には戻れない。なぜなら、男の子たちが自覚してしまったからだ。いつも一緒に遊んでいた友人が女の子であったこと、それが恋愛感情であることを。

もう友だちではいられない。友だちには戻れない。

でもそれはおそらく、誰かにいわれるのではなく、自分でわからないといけない。

浜波《はまなみ》もそれをわかっているから、いう。

「自分がどうしたいかだと思うよ。少年みたいに過ごしていたあの頃に戻りたいのか、でも髪を一度伸ばしたということは、おしゃれしたいとか、女の子っぽくなりたい気持ちもあったんじゃないかな」

一度試してみたらどうでしょう、と浜波《はまなみ》はいう。

「めちゃくちゃ少年っぽい格好をしてみたり、今までしたことないくらい女子っぽい格好をしてみたりすれば、どっちがしっくりくるかわかるかも」

「そうですね、そうかもしれません。今の私はなんだか中途半端《ちゅうとはんぱ》です。となると……スニーカーにはあまり心が動かなったので、今度は思い切り女子っぽい格好をしてみたいです」

「コーディネートはこの私におまかせあれ！　めちゃくちゃかわいい女の子にして差し上げましょう！　みゆきちゃんはシンデレラ、さしづめ、私は魔法使いといったところです！」

忘れがちだが浜波《はまなみ》は髪をアシンメトリーにし、派手な原色をうまく使うオシャレ指数の高い女の子だ。ここから浜波《はまなみ》プロデュースの時間がはじまるのだと思った。しかし——。

「私、ずっとこういう格好をしたいと思っていたんです」

みゆきちゃんが指さしたショーウィンドウに飾られていたのは……。

こってこてのゴシックロリータのドレスだった。

浜波《はまなみ》が「うんしょ、うんしょ」と準備運動してから、表情をつくり、絶叫する。

「悩んでない！　全然、悩んでない！　少年みたいな感じで男の子とも一緒に遊んでいた頃に戻りたいとかそういうレベルじゃない！　最初っから、頭の先からつま先まで！　完全に女の子！　お姉ちゃんと一緒！　この少女漫画脳シスターズ！」

というものの、十五歳の女の子の通過儀礼として、ゴスロリファッションをしてみることになった。買うととても高いらしいが、レンタルもあるという。

「なんだ浜波《はまなみ》、くわしいじゃないか」

「友だちにこういうの好きな子がいるんです。着てみたいって思ってる女の子、けっこう多いんですよ」

ルネッサンスといいたくなる外観の店に入ってみれば、一日体験コースがあるというので、それを申し込んだ。メイクもしてくれるというし、アクセサリーや靴まで貸してくれるとのことだった。控え室でしばらく待っていると、みゆきちゃんがでてくる。

「どうでしょう？」

黒を基調としたドレスだった。襟や袖が白のフリルで、エナメルの靴は厚底、頭にはティアラを載せて、まさに一〇〇パーセントのロリータだ。

「この格好をするのは勇気がいるので、なにかいっていただけると……」

「ああ、とてもいいと思う。百合《ゆり》の紋章があしらわれていて、とても上品だ。百合《ゆり》の紋章はフルール・ド・リスといって、古くはフランスのメロヴィング朝の王家の紋章で、日本のヒップホップシーンでも――」

「あ、もういいです。けっこうです」

つづいて浜波《はまなみ》もでてくる。みゆきちゃんが恥ずかしがるので、勇気づけるために一緒に着ることにしたのだ。浜波《はまなみ》のドレスは青と白だった。

とする。

プロのカメラマンによる撮影のサービスがあるので、俺たちは店内のスタジオに移動しよう

「ああ、うん」

「どうですか？」

「ちょっと桐島《きりしま》先輩、なんかいってくださいよ」

「浜波《はまなみ》さん、とってもかわいいです」

みゆきちゃんが代わりにいう。

「いや、桐島《きりしま》先輩も。おい、桐島《きりしま》」

浜波《はまなみ》は不思議の国のアリスみたいだった。けれど、浜波《はまなみ》に「かわいい」という役目は吉見《よしみ》くんのものなのだ。

それから俺たちは店の外にでて食事やショッピングを楽しんだ。服装で気分が高まったらしく、ふたりは石鹸《せっけん》や香水などの女子っぽい買い物をしていた。荷物は全部俺が持った。

「次はこの格好でテーマパークとかいってみましょうか。ハロウィンの時期なんかにはとても映えることでしょう」

ひととおり遊んだあと、通りを歩きながら浜波《はまなみ》がいう。

「桐島《きりしま》さんは恥ずかしくなかったですか？」

みゆきちゃんがきいてくる。

「どこにいっても目立ってしまいました」

「なにも恥ずかしくなかったよ。みゆきちゃんがしたい格好をしてるんだから。胸を張っていいし、とてもかわいいんだから、となりを歩いて、むしろ誇らしかったよ」

「そうですか……」

なぜ姉が桐島《きりしま》さんを好きになったかなんとなくわかります、とみゆきちゃんは小さな声でいう。そして、さっきからみゆきちゃんの手が、時折、ふれるかふれないかの感じで、俺の手に当たってくる。そのうちに、みゆきちゃんの小指が、俺の小指を引っかけようとして——。

「みゆきちゃんは私と手をつなぎましょうね〜」

浜波《はまなみ》が割って入って、みゆきちゃんと手をつなぐ。ふたりは仲の良《い》い友だちのように、一緒に歩く。

「私はやっぱり女の子なんですね。この服を着てわかりました」

みゆきちゃんがいう。

浜波《はまなみ》はにこやかにききながらも、「着ずともわかりますけどね！」という顔をしている。

「男の子たちとも、もう元の関係には戻れないとわかりました。私も……その……今日、恋というものについて、少しわかったかもしれません……」

伏し目がちにいうみゆきちゃん。

なぜか浜波《はまなみ》が俺を睨《にら》みつける。

「桐島《きりしま》先輩にはそろそろ帰ってもらいましょう」

「え？　でも……」

「女の子ふたりで遊んだほうが絶対楽し――」

いいかけたところで、浜波《はまなみ》のスマホが震える。浜波《はまなみ》は、「ちょっと失礼」といって画面をチェックしてから、遠慮がちにいう。

「あの……すいません、吉見《よしみ》が部活終わったみたいで……その……抜けてもいいでしょうか。スニーカーを渡したいのと……この格好を……その……」

「吉見《よしみ》くんにみせてあげるといい。それにしても浜波《はまなみ》もなかなか――」

「それ以上いわなくて大丈夫です。自分が恋愛オマヌケ野郎ということは自覚してます！」

浜波《はまなみ》はそういうと、「あなたたちは真っすぐ帰ってください！　寄り道してはいけませんよ！　これは忠告です！」といって、吉見《よしみ》くんに会うために足早に去っていった。

「なんなんだろうな？」

「それは……」

言葉数の少なくなったみゆきちゃんを連れて、店に戻ろうとする。その途中で、みゆきちゃんが顔を真っ赤にしながらいう。

「あ、あの、今から家にきませんか？」

声が震えている。

「い、いえ、その、なぜか姉がずっとふさぎ込んでいるので……桐島《きりしま》さんに励ましてもらえたらなと……」

いく、と反射的にこたえていた。今、橘《たちばな》さんは柳《やなぎ》先輩の彼女をしているところだから、これはルール違反だ。でも俺は橘《たちばな》さんの真意を知りたかった。

みゆきちゃんの衣装を返し、電車に乗って、橘家《たちばなけ》のあるタワーマンションに向かう。

エレベーターで高層階に到着し、みゆきちゃんがドアの鍵を開ける。なかに招き入れられ、俺は靴を脱ぐ。ここにくるのは二回目だ。一度はフットサルのあと、橘《たちばな》さんに服の中に吐かれたときだ。

「お姉ちゃんは自分の部屋？」

そのときの記憶を頼りに、俺は橘《たちばな》さんの部屋にいこうとする。しかし――。

「桐島《きりしま》さんは私の部屋にきてください」

みゆきちゃんは顔をそらし、俺のコートの袖を引っ張りながらいう。

「姉はピアノのレッスンにいっているので、当分、帰ってきません」

第33話　恋はフィジカル

恋人ローテーションの狙いや最終目標は、おそらく四人それぞれちがっている。柳《やなぎ》先輩はダメだったときに二度と会わないことを代償にして、橘《たちばな》さんの期間限定の恋人になった。卒業までに、口説き落としてしまうつもりなのだ。

早坂《はやさか》さんと橘《たちばな》さんはなぜか、そこに一か月ごとにローテーションすることを条件につけくわえた。そして俺と早坂《はやさか》さん、柳《やなぎ》先輩と橘《たちばな》さんの組み合わせでスタートした。

早坂《はやさか》さんはここぞとばかりに、俺に甘えまくっている。毎晩通話状態のまま眠るし、四人でデートしているときは橘《たちばな》さんには渡さないとばかりに、強く抱きついてくる。ハグまでのルールがあるので止まるが、時折、「キスしたいよぉ、桐島《きりしま》くんにいっぱいさわられたいよぉ」と理性のトんだ目で俺の指を甘噛《あまが》みしてくる。

学校でも、多少みんなからは白い目でみられるが、公式に彼女になったので、お弁当をつくってきたり、一緒に登下校したりと健全早坂《はやさか》さんレベルで恋人をしている。

一方、橘《たちばな》さんはしれっとした顔のままだ。

早坂《はやさか》さんが俺を抱きしめながら威嚇しても流しているし、柳《やなぎ》先輩と手をつなぎ、肩を抱かれるところまで許している。

俺は橘《たちばな》さんにききたかった。一体、なぜ期間限定とはいえ柳《やなぎ》先輩の恋人になることを承諾したのか。なぜ早坂《はやさか》さんとローテーションにしたのか。

そのために橘《たちばな》さんの家にきたはずなのに——。

「これが部屋着なので……」

みゆきちゃんはキャミソールにショートパンツという格好になっていた。スポーツタイプの下着がみえてしまっていて、目のやり場に困る。

「それで、お姉ちゃんはいつ帰ってくる？」

「……しばらくは帰ってこないと思います」

みゆきちゃんは目をそらす。頬が赤い。

橘《たちばな》家《け》にやってきてすぐ、みゆきちゃんの部屋に連れこまれた。壁紙もベッドカバーも白で、純真で清潔で、無垢《むく》な印象の空間だった。

床に置いたクッションに座り、『部屋着』になったみゆきちゃんと向かい合っている。

「お姉ちゃん、ふさぎ込んでるって？」

「え、あ……そ、そうでした、姉の話をするんでした……」

みゆきちゃんはショートカットだから、うなじから鎖骨まで肌がしっかり露出している。汚れを知らない少女の白さだった。

俺は鈍感ではない。みゆきちゃんがちょっとした感情を、偶然にも抱いてしまったことはわかっている。でもそれは経験のなさからくるもので、すぐに過ぎ去るものだ。彼女の妹と呼べるみゆきちゃんに、俺はそういう気持ちを抱いたりしない。その分別はある。

「私、姉と桐島《きりしま》さんがどんな恋をしてるか、なんとなく知ってます」

「そうなのか」

「先日、この家で、姉と早坂《はやさか》あかねさんのお泊まり会が開催されていました」

「え？　あのふたりで？」

部室で火花を散らして以来、かなり仲悪くなっていたと思っていたが……。

「それはそれ、これはこれということみたいです」

「女子ってそういうとこあるよな」

「パジャマパーティーをするとはしゃいでました。開始五分で姉の部屋でケンカをはじめたので止めに入りましたけど」

浜波《はまなみ》につづく巻き込まれ被害者がでてしまったようだ。みゆきちゃん、すまない。

「お風呂《ふろ》も一緒に入ったみたいなんですけど」

「がんばるな〜」

「姉が首のところにある嚙《か》み跡《あと》を得意げにみせたらしく、それでまたケンカしたみたいです」

橘《たちばな》さんの嚙《か》み跡《あと》は、京都で初めてしたとき、あまりの快感に俺が嚙《か》んでしまったものだ。

ちなみにお風呂場《ふろば》からは早坂《はやさか》さんの『も〜、オコッタ！』という声がきこえ、つづいて橘《たちばな》さんの『ふみぃい〜っ！』という鳴き声がきこえたという。おそらく早坂《はやさか》さんが橘《たちばな》さんのセンシティブな場所をさわって逆襲したのだろう。

「姉と早坂《はやさか》さんは桐島《きりしま》さんのことで話し合いをするためにパジャマパーティーを開催したみたいです」

「だろうな」

「私は恋というものがよくわかりません。自分が姉や早坂《はやさか》さんの気持ちをわかることはないと思ってました。でも……今日、やっぱり自分が女の子だとわかって……その……」

みゆきちゃんは頬を赤らめ、目を伏せながらいう。

「恋というものを知りたくなりました。できればそれを……桐島《きりしま》さんに教えてもらいたいです」

俺は首を横に振る。

「それは同年代の男の子たちと教室で過ごすうちに自然と知るべきものだよ。もしかしたら俺が少し大人にみえて、クラスメートの男子は子供っぽくみえるかもしれない。でもそれは、ちょっとした勘違いみたいなものなんだ」

中学生のみゆきちゃんは、高二の俺からはひどく幼くみえる。そんな少女のような子に恋の手ほどきをするというのは、乞われたとしても、してはいけない気がした。それに俺は早坂《はやさか》さんと橘《たちばな》さんのあいだで悩んでいるのだ。ここで他の女の子に好意を寄せられて喜ぶほど、不埒《ふらち》な男ではない。

「そうですか……」

みゆきちゃんは大人しく引きさがる。素直でよろしい。誰かさんたちとは大ちがいだ。

「じゃあ、姉が帰ってくるまでゲームでもしましょう」

「いいよ。俺、けっこう強いよ。なにやる？　プレステ？　スイッチ？」

「これです」

みゆきちゃんが顔の前にだしてきたのは——。

まさかの恋愛ノートだった。

「なんで⁉」

「姉の部屋にあったのをみつけました」

これを読んで、恋愛について勉強しようと思ったらしい。

みゆきちゃん、橘《たちばな》さんの妹として完成度が高すぎる。血のつながりはおそろしい。

「ダメだ。中学生がやるもんじゃない」

「私はもう大人です」

「まだ十五歳じゃないか」

ノートを押しつけてくるみゆきちゃん。俺はそれをぎゅうぎゅうと押し返す。

「俺みたいな年上の男がまだなにもわかってない中学生とそういうことをするのはフェアじゃ

ないんだ」

「フェア？　そんなの誰が決めるんですか？」

誰かといえばその誰かを問い詰めにいきそうな勢いだった。

「ダメなものはダメだ」

俺が強くいうと、「じゃあ、もういいです」といって、すねた顔でスマホをいじりはじめる。

横目で画面をみれば、俺と一緒に映ったゴスロリの記念写真を表示している。

「これ、姉に送ります」

「おい」

「姉は絶対に桐島《きりしま》さんには怒りません。おそらく私を折檻《せっかん》するでしょう」

小さい頃、よくあったらしい。

「私は姉の好きなものを好きになる、少しよくないところのある妹でした」

さらっと地雷埋めてくるな。

「よく姉が大好きだったぬいぐるみを持ちだしては抱いて寝ていたのですが、みつかって、一時間くらいお腹《なか》や腋《わき》をこしょこしょこしょされたものです」

こしょこしょが折檻《せっかん》のお決まりだったらしい。

「しかし私たちはもう大人です。もしこの画像を姉に送りつければ、おそらく私は大人な折檻《せっかん》を受けることになるでしょう」

そういって、俺のほうをみながら送信ボタンを押そうとする。

みゆきちゃんは今、年上の男子が少しかっこよくみえるマジックにかかっている。

フェアではないが、その期待にこたえるのもまた年上の男の役目かもしれない。それに、この純情な少女が、あの橘《たちばな》さんの器用な指先で折檻《せっかん》されるのも忍びない。

そう思うと、体が勝手に動いていた。

「ちょ、待てよ！」

「あはっ！」

頭の後ろで手を組み、スクワットをする。

みゆきちゃんが喜んだ顔をする。

「やってくれるんですね！」

「ちょっとだけだからな」

ほんの少し、大好きな女の子の妹と戯《たわむ》れるだけだ。俺は大人なので、断じてみゆきちゃん相手に理性をトばしたりしない。

「じゃあ、やるか」

「やってみましょう！」

そういう流れになった。

◇

『恋はフィジカル』

それが、みゆきちゃんのみせてきた恋愛ノートのゲームだった。

ルールは簡単、男女がふたりで筋トレをするだけ。

みゆきちゃんの読んでいたノートは十三番目の禁書ではなく、基礎編にあたるナンバーだった。そのため、かなりライトな内容だ。学校でも普通に起こりうるシーンだろう。

「桐島《きりしま》さん、体かたいですね」

筋トレをする前に、ストレッチをする。足を広げて座り、みゆきちゃんに後ろから背中を押してもらう。

「いたたたた」

「もっとがんばってください！」

みゆきちゃんは楽しそうだ。じゃれあうように、押してくる。体重をかけて背中にのしかかってくるが、やっぱり軽い。子供だと思った。

「では、交代しましょう」

今度は俺がみゆきちゃんの背中を押す。その体はとてもやわらかく、開脚しながら肘を床につけることができた。

なるほど、このゲームはストレッチや筋トレにかこつけて、男女でスキンシップをして、ちょっとドキドキしようというものらしい。さすが基礎編、中学生相手にはちょうどいいだろう。

そう思ったが——。

「もっと……押してください……」

そういうので、俺はみゆきちゃんがしたみたいに、背中におおいかぶさって押す。

みゆきちゃんの体は華奢《きゃしゃ》で、やわらかくて、本当に未完成という感触だった。同年代の感触とは全然ちがう。成長期における二つの年の差はとても大きかった。そして——。

「やっぱり、桐島《きりしま》さんは男の人です……」

「ん？」

「強く押されて、まったく抵抗できません……桐島《きりしま》さんがその気になったら、私はどんなことでもされてしまうのですね……」

「みゆきちゃん⁉　なにいってるの⁉」

なにやら湿っぽい吐息を感じたが気のせいだろう。

「……それでは筋トレに移りましょう」

ひととおりストレッチをしたあと、みゆきちゃんが膝を折って床に座る。俺は彼女が腹筋しやすいように、その膝を抱えながら体重を乗せた。

みゆきちゃんは手を頭の後ろで組んで、体を背中から倒し、また起こす。

肌がだんだん汗ばみ、息が乱れ、頬が赤くなっていく。額に髪が張りつく。

体を動かすみゆきちゃんは爽やかで、透明感があった。

スポーツ飲料のCMにでれば、人気がでそうだ。

「次は桐島《きりしま》さんです」

「わかった」

「……上着は脱いでください……暑いと思うので……」

いわれるままに、俺はTシャツ一枚になって腹筋をする。暖房の設定温度が高いように感じながら、俺たちは様々な筋トレを順にこなしていった。

みゆきちゃんは本格的だった。汗でキャミソールの色が変わるほど自分を追い込むし、俺が腕立てをしているときも、途中で体を支えて、限界までサポートしてきた。

「もうダメだ」

仰向けになって寝転がる。汗だくで、筋肉が悲鳴をあげていた。

「ちょっと情けないかな？」

俺がそういうと、「そんなことありません！」とみゆきちゃんはいう。

「桐島《きりしま》さんはとても、たくましかったです。背中は広いし……力が強くて……足を押さえてもらってるときも、全然動かせませんでしたし……男性の力を感じました……」

みゆきちゃんはそこで恥ずかしそうに目を伏せる。

「それで、お願いがあるんですけど」

「イヤな予感しかしないが、なんだろうか」

「桐島《きりしま》さんの体、さわらせてください」

「ストレートなやつきたな！」

俺は思わず体を起こす。

「ち、ちがうんです。私は……男の子たちが遊んでくれなくなって、自分が女の子だとわかって、その差をもっとよくわかりたいという気持ちで……」

この恋愛ゲームのコンセプトを越えてしまっているが、性差が発生する成長期のアイデンティティの確立に手を貸すのも、年上の男の役目だろう。

「わかった。ちょっとだけだからな」

「ありがとうございます。それでは……」

みゆきちゃんは俺の腕や首すじを順にさわっていく。やわらかい手が滑っていく感触が、少しこそばゆい。当たり前のように俺のTシャツのなかに手を入れ、腹をなでてくる。

「俺、けっこう汗かいてるけど」

「いいんです……やっぱり、骨の太さも、筋肉のつきかたも全然ちがう……」

みゆきちゃんの目からだんだんと理性の色が失われていく。

「もう一つお願いがあるんですけど……」

「絶対ダメだ」

「私を力ずくで押さえつけていただけないでしょうか」

「え？　俺の声きこえてない？」

「他意はないんです……ただ、筋力の差を感じたいだけで……」

「なに？　橘家《たちばなけ》ってみんなそうなの？　都合のわるいこと全部きこえなくなるの？」

「これで最後ですから……」

そういいながら、みゆきちゃんはころんと床にころがって、両手を頭の上にあげた。

やれやれ。

「本当にこれで最後だからな」

俺は、みゆきちゃんの両腕を手首のところでつかんで押さえつける。手首が細いから、片手でそれができる。

「これが……男の人の力なんですね。私、ホントに身動きがとれません」

「みゆきちゃん、冗談でもこういうことを他の男に頼むんじゃないぞ。まだわからないかもしれないけど、男というのはいろいろな感情を持っていて、想定していない事態になることもあるんだから」

「だったら……」

みゆきちゃんは恥ずかしそうに顔をそむけながらいう。

「それを勉強させてください。男の人とふたりきりでこういう体勢になったらどうなるか、桐《きり》島《しま》さんが教えてください。私の体に、わからせてください」

俺の体の下で、汗ばんだ小さな体をもぞもぞと動かすみゆきちゃん。

なんてイケナイ中学生なんだ。

「姉にしていること、してください。どんな気持ちになるのか、私も知りたいんです」

「いや、それは……」

「姉とそういうことするの、我慢してるんじゃないですか？」

みゆきちゃんはお泊まり会がおこなわれたとき、姉と早坂《はやさか》さんの会話に聞き耳を立てていたらしく、橘《たちばな》さんが今、柳《やなぎ》先輩の彼女をしていることを知っていた。

「私を……姉の代わりにしていいんですよ」

屋内プールでの出来事がフラッシュバックする。他の男に足を開かされていた橘《たちばな》さん。俺はかっこつけて、なんでもないような顔をしたけど、やっぱりいろいろと思うところがあって、橘《たちばな》さんの肌が恋しかったりもする。

「姉の代わりがダメなら……」

みゆきちゃんは横を向き、頬を染めながらいう。

「お姉ちゃんの大好きな人とこういうことをしようとする……イケナイ妹にお仕置きしてくだ

さい……」

みゆきちゃんは橘《たちばな》さんの妹で、まだなにも知らない十五歳だ。そんな女の子には本来、手をふれることすら許されない。けれどそのとき、理性消えゆく俺の脳裏によぎったのは、明治、大正、昭和と三つの時代を駆け抜けた、かの大文豪、谷崎潤一郎《たにざきじゅんいちろう》だった。

谷崎潤一郎《たにざきじゅんいちろう》は妻の妹に惚《ほ》れ込《こ》み、妻を友人の作家に譲り渡そうとする『小田原事件《おだわらじけん》』を起こした。しかもその妻の妹というのが、当時、十五歳だった。

愛する人の妹、十五歳、そして愛する人を他人に譲り渡すということ。

この符号めいた言葉が、天啓のごとく俺に降り注ぎ、一つの解となりました。

嗚呼《ああ》、私、桐島司郎《きりしましろう》は谷崎潤一郎《たにざきじゅんいちろう》だったのです。

そう思った瞬間、私はみゆきちゃんのキャミソールをめくりあげていました。汗に濡《ぬ》れた白いお腹《なか》が露出します。

「き、桐島《きりしま》さん、そそそ、そんないきなり！」

私はみゆきちゃんのお腹《なか》を舌で舐《な》めあげます。

「ふぁみっ!?」

みゆきちゃんは運動が好きなだけあって、あまりぜい肉がありません。それでもやはり女の子らしい、やわらかいお腹《なか》でした。私はそんな十五歳の白く無垢《むく》な柔肌を、汗の味とともに舐《な》めつづけます。

「ふぁみ～っ！　ふぁみ～っ！」

かわいらしい鳴き声をあげるみゆきちゃん。

私はさらにみゆきちゃんの体をさわっていきます。みゆきちゃんが私にそうしたように、肩、鎖骨、二の腕、太もも、自分の体とのちがいを感じながら。

「や、やさしくしてください、わ、私、全部はぢめてなのでっ！」

そういうものですから、触れるか触れないかの指使いで、みゆきちゃんの肌をなぞっていきます。すると――。

「ああっ、桐島《きりしま》さぁんっ！」

みゆきちゃんは甘く鳴きます。

頭の上で腕を交差させられたまま
くねらす体は、まるで美しい白魚のようでした。

「私、今、わからされてます！　桐島《きりしま》さんの大きく骨ばった手で、自分がなにも抵抗できない、ただの女の子だと完全にわからされています！」

私のこめかみから汗が流れ、あごを伝って、火照《ほて》ったみゆきちゃんの体に落ち、みゆきちゃんの汗と混じり合います。

白い壁紙、白いカーテン、そんな純真を象徴するような部屋の真ん中で、年端《としは》もゆかぬ少女を汚すその行為に、私は罪の意識を感じながらも、いつか誰かに汚されるなら、私が汚してしまいたい。そんな、どうしようもないことを考えてしまうのでした。

みゆきちゃんは酔ったようにだんだんと目から正気を失《な》くし、うわごとのようにいいます。

「姉にしたことを全部してください、全部です」

私はみゆきちゃんの脇を舐《な》めました。まだ世の中の悲しみや苛烈さをしらない少女の脇でした。その少女が「許してください」と懇願しても舐《な》めつづけます。

「桐島《きりしま》さん、私変です。恥ずかしくて涙が止まらないのに、なんだか変な気持ちで、もっと責められたいって思っちゃってるんです」

泣きながら甘く喘《あえ》ぐ少女をもっと責め立てたい。

「き、桐島《きりしま》さん⁉　それはダメです！」

私はみゆきちゃんの足を舐《な》めます。

「ごめんなさい、ごめんなさい！　私がイケナイ妹でした！　ごめんなさい！　許して！」

まだ世俗の地をさほど踏んでいない無原罪の足を、指のあいだまで、ふやけるほどに舐《な》めました。

私がしている行為は、理解不能な行為でしょうか。しかし、きけば谷崎《たにざき》大先生も女性の足にひどく執着した小説を書かれたそうではありませんか。おそらく女性の足に格別の美しさをみいだしていらっしゃったのでしょう。

同じように、私もみゆきちゃんの体に、このまさに今、成長の途中、その瞬間にだけある輝きに、美しさをみいだしているのです。であれば私のしていることも、全て文学的行為といえるのではないでしょうか。

さっきから頭のなかで、浜波《はまなみ》という少女が、「謝れ！　文壇に謝れ！」と叫んでいますが、その必要はありません。なぜなら私が谷崎潤一郎《たにざきじゅんいちろう》だからです。

「はぁ……はぁ……」

息も絶え絶えになりながら、小さな口を開け、胸を上下させるみゆきちゃんの姿は、とても耽美《たんび》です。

私はふと、そういう気持ちになって、みゆきちゃんの赤い舌を指でつまんで引っ張ってみます。

「あぇ……ぇぇぇ……うぇぇぇぇ……」

みゆきちゃんの目がとろんとし、体から力が抜け、だらしなく口《くち》の端《は》から涎《よだれ》が垂れます。もうなされるがままの少女です。

「えあぁぁ……うえあぁぁぁ……」

私はそれから小一時間、言葉も話せなくなった少女を弄びました。姉にしたことをしてほしいと頼まれたとおり、首すじを舐《な》め、耳に舌を入れました。橘《たちばな》さんとした行為のなかでも、ライトなものばかりです。けれど中学生には刺激が強かったらしく、みゆきちゃんは甘い声で鳴きながら、柔軟な体を弓なりに反らせ、内ももを濡《ぬ》らすばかりでした。

そして――私はもうじゅうぶんだと思い――疑似的谷崎《たにざき》意識との接続を切り――。

よし――。

「こんなもんかな」

俺は体を起こしていう。

「これにこりたら、あんまり背伸びしようとするんじゃないぞ。みゆきちゃんはまだ中学生で、お姉ちゃんとはちがうんだから」

「はい……わかりました……桐島《きりしま》さんにわからされました……完全に……」

みゆきちゃんはぐったりとしている。汗といろいろな体液でびしょびしょに濡《ぬ》れている。

やれやれ、俺は小娘相手に一体なにをしていたんだろうか。

冷静になり、少し反省し、汗を拭くために準備していたタオルに手を伸ばす。

そのときだった。

玄関から、重量感のある扉の開く音がする。そして――。

「ただいま～」

橘《たちばな》さんの声だった。ピアノのレッスンから帰ってきたようだ。

「みゆきちゃん、早く、え、ちょっと⁉」

俺は手を差しだすが、みゆきちゃんはその手をつかんで、俺を引き倒す。

鼻先が触れそうな距離になって、みゆきちゃんはいう。

「このまま姉にみつかって破滅しましょう」

「すごいこというな！」

絶賛破滅進行中の身としては、みゆきちゃん参戦はご遠慮いただきたい。

「冷静になれ、みゆきちゃんは一時の感情に流されてるだけなんだ」

「じゃあ最後のお願いがあります、ホントにこれが最後です」

なにかときけば、みゆきちゃんは年相応の幼い表情になって、もじもじしながら、少女漫画みたいな照れ照れの顔で、目を泳がせながらいった。

「キス……してほしいです」

玄関で俺の靴をみたのだろう、「司郎《しろう》くんきてるの⁉」と橘《たちばな》さんの声がする。

「いや、みゆきちゃん――」

「桐島《きりしま》さんがどれだけお姉ちゃんを好きかは知ってます」

今日のことは全部なかったことにしますから、と、みゆきちゃんはいう。

「だから、最後にキスしてください」

そのあいだにも橘《たちばな》さんの足音が近づいてくる。「司郎《しろう》くん？　どこ？」と、橘《たちばな》さんが一度みゆきちゃんの部屋の前を通りこして、また戻ってくる。

「早くしないと姉にみつかってしまいますよ」

「いや、それより、みゆきちゃんキスしたことないだろ」

「初めては……桐島《きりしま》さんがいいです」

廊下から「みゆき～、司郎《しろう》くんいるの～？」と橘《たちばな》さんの声がきこえてくる。

みゆきちゃんが俺のTシャツを引っ張って顔を引き寄せる。

「キスしてくれないとこのまま悲鳴あげます」

「みゆきちゃん⁉」

「桐島《きりしま》さんはイケナイ妹に脅されたんです。姉を裏切ったわけではありません。それでいいじゃないですか」

橘《たちばな》さんの足音が部屋の前で止まる。「みゆき？　いるの？」と声がする。

「私は本気です」

みゆきちゃんの顔つきはやっぱり幼く、こんなことをしているのにそれでも爽やかで、凛《りん》としている。

俺のなかには二つの感情があった。

真っ白なみゆきちゃんをそのままにしておきたい。

純真無垢《むく》なみゆきちゃんを汚してしまいたい。

その狭間《はざま》で、俺は――。

◇

結論からいうと、俺とみゆきちゃんが溶け合うように抱き合った状態のところに橘《たちばな》さんが踏み込んでくるようなことはなかった。

「お姉ちゃんにサプライズがあるんだ」

みゆきちゃんが廊下に向かっていうと、橘《たちばな》さんは扉越しにあわてていった。

「ちょ、ちょっと待って。私、レッスン終わったところだし、司郎《しろう》くんにはまだ……」

そして橘《たちばな》さんはパタパタと足音を立てて去っていった。

「どういうこと？」

「姉は桐島《きりしま》さんと会う日はとても時間をかけて服を選び、髪を整えます。姉の受けているピアノレッスンはハードなので、最低でもシャワーは浴びるでしょう」

そのあいだに俺たちも身支度を整える。タオルで汗を拭き、シャツを着る。

「桐島《きりしま》さん、安心してください。今日あったことは誰にもいいません。私は姉のことが大好きなのです」

私はちょっと頭がバカになっていたのです、と、みゆきちゃんはボタンをとめながらいう。

「今日のことは思い出のなかにしまっておきます。それ以外はいりませんし、これからなにか起きることもありません。本当に、ちょっと大人っぽいことがしたかっただけです」

俺たちはもうなにも話すことがなくなって、ただ黙っていた。

しばらくして、橘《たちばな》さんが部屋に入ってくる。白いブラウスに黒のロングスカートという楚々《そそ》とした格好だった。

「会いにきてくれたの？」

恥ずかしそうに、目をそらしながら橘《たちばな》さんはいう。彼女のなかにはいつも苛烈さと幼い少女が同居している。

「ふさぎ込んでるって、みゆきちゃんからきいて。ホントはローテーション中だから、よくないんだろうけど」

橘《たちばな》さんはそれにこたえるよりも速く、俺の胸に飛び込んできた。顔を押しつけながら、痛いほど力を込めて抱きついてくる。

「じゃ、じゃあ私、コンビニいってこよ～かな～」

気《き》を利かして席を外そうとするみゆきちゃん。橘《たちばな》さんは俺に抱きついたまま、背中越しに妹に向かって、「あとで折檻《せっかん》だから」という。

「な、なんで？　私、お姉ちゃんのために桐島《きりしま》さん連れてきたんだよ!?」

「司郎《しろう》くんと自分の部屋でふたりきりになってた」

「それだけで？」

「うん。折檻《せっかん》だから」

「あ〜ん！　お母さ〜ん！　お姉ちゃんが理不尽〜！」

みゆきちゃんは、「ふぁみ〜！」と鳴きながら部屋をでていった。

「橘《たちばな》さん、みゆきちゃんには少しだけ手心を加えてあげてはどうだろうか」

「妹のことはどうでもいいから」

顔をあげた橘《たちばな》さんの表情は、私だけをみてよと訴えかけていた。

「私を心配して会いにきてくれたんでしょ？」

「あと、ききたかったんだ。なんで、柳《やなぎ》先輩の提案を受け入れたのか」

橘《たちばな》さんは自分から柳《やなぎ》先輩の期限付きの彼女になった。そのくせ、みゆきちゃんにいわせれば部屋でふさぎ込んでいるという。一体どういうつもりなのか。

「私、柳《やなぎ》くんにひどいことしたし、それなのにたくさんのことしてもらっちゃったから」

橘《たちばな》さんが婚約者である柳《やなぎ》先輩を裏切る形で俺と関係を持っていたにもかかわらず、柳《やなぎ》先輩は婚約を破棄して橘《たちばな》さんを自由にし、なおかつ橘《たちばな》さんのお母さんの事業を先輩のお父さんが支援しつづけるという約束までとりつけた。

とてつもない誠意に、年末、橘《たちばな》さんは柳《やなぎ》先輩に対しても好意を抱く結果となった。

「だから、最後に柳《やなぎ》くんの望むとおり、彼女になることにした。期限付きだし、ハグまでのルールも我慢する。それで柳《やなぎ》くんには、私の前から消えてもらう」

結局のところ、橘《たちばな》さんは先輩の本当の彼女になる気はなかった。これまでの恩を返し、裏切りつづけたことを清算するためのことでしかなかった。

「自分がひどい女だってのは知ってる。でも、それでも、司郎《しろう》くんと一緒になりたいの」

橘《たちばな》さんはすがりつくように俺のシャツをつかむ。

「これならもう司郎《しろう》くんも大好きな先輩に遠慮しなくて済むでしょ？　私と付き合うことに罪悪感ないでしょ？　柳《やなぎ》くんから受けたもの、私がちゃんと返すから、できるだけ返すから。司《し》郎《ろう》くんが後ろめたくないように、そういうふうにするから」

ごめんね、と橘《たちばな》さんはいう。

「その代わり、柳《やなぎ》くんにいっぱいさわられてる。でも、ちゃんと彼女らしくしないとダメでしょ？　だって、それで私の前から消えてもらうんだから。ハグ以上のことは絶対させないけど、ルールのなかのことは許してる。ごめんね、私、司郎《しろう》くんの女の子なのに」

俺が嫉妬していることにもちゃんと気づいているという。

「全部終わったら上書きしてくれればいいから。また私が泣いちゃうくらい恥ずかしいことして、お仕置きしてくれたらいいから。だから待っててね」

橘《たちばな》さんはおねだりするワンコのように、あごをあげて、体を押しつけてくる。でもすぐに冷静な表情を取り戻していう。

「今回はちゃんとルール守る。でないと司郎《しろう》くん、またいろいろ考えちゃうでしょ？」

俺が迷いなく、後ろ髪を引かれることなく、橘《たちばな》さんを選べるようにする。

それが橘《たちばな》さんの行動原理の全てだった。

俺とちゃんとした恋人になるためなら、自分が性格のわるい女になっても、好きでもない男にさわられてもかまわない。そう考えているのだ。

でも、橘《たちばな》さんの考えのなかには一つの可能性が欠落している。俺が、早坂《はやさか》さんを選ぶかもしれないという可能性。もちろん、それを橘《たちばな》さんもわかっている。でも——。

「司郎《しろう》くんは絶対、私を選ぶ」

橘《たちばな》さんはまた抱きつきながら俺の胸に顔をうずめる。そのましゃべるから、その吐息で、俺の胸が熱くなる。

「だって、私たち……した。一番大事な初めてを交換して、私は司郎《しろう》くんの女の子になったし、だから私、司郎《しろう》くんのためならなんでもするし。それでも——」

それでも俺が早坂《はやさか》さんを選ぶなら。

俺が橘《たちばな》さんを捨てるなら。

その未来を想像したのだろう、橘《たちばな》さんはしぼりだすようにいった。

私を選んでくれないなら、いっそ——。

「司郎《しろう》くんに死んでほしい」

第34話　ふしぎデカルト

「なんで〜！　なんで〜！」

浜波《はまなみ》が絶叫する。

ある曇り空の日、ローカルバスの車内でのことだ。

バスは曲がりくねった山道を走っている。

「なにを騒いでるんだ」

「騒ぐでしょ！　超不健全カルテットのなかに放り込まれてるんですから！　このバスが向かってるのは地獄の一丁目です！」

バスの車内、一番前の席で柳《やなぎ》先輩が本を読んでいる。そして真ん中付近の二人掛けに早坂《はやさか》さんと橘《たちばな》さんがならんで座り、一番後ろに俺と浜波《はまなみ》がいるのだった。

「浜波《はまなみ》が依頼したんだろ」

「そうですけど……」

浜波《はまなみ》の親戚が別荘地にある洋館の売却に困っていて、父親が事業で不動産の取り扱いもしている柳《やなぎ》先輩に相談したのだ。そして売却活動にあたり、洋館の外観と内観の写真が必要になったため、浜波《はまなみ》を案内人として柳《やなぎ》先輩が撮影にいくことになった。

別荘地でテニスコートなどもあるため、柳《やなぎ》先輩が橘《たちばな》さんを誘い、可能な限り四人でデートするというルールが発動して、俺と早坂《はやさか》さんもついてきたのだ。

「いいじゃないか、早坂《はやさか》さんと橘《たちばな》さんも仲良さそうだし。電車のなかでは手もつないでたぞ」

「わかってない！」

浜波《はまなみ》はいう。

「女子はホントに仲のいいときはベタベタしない！　あれはそういう感じでいこうねって、表ではいい顔しながら裏で戦ってるんです！」

「そうなのか？　今も一緒に楽しそうにお菓子を食べてるじゃないか」

「よくみてください！　早坂《はやさか》先輩、笑顔でチョコバーすすめてますけど、そのチョコバー、橘《たちばな》先輩のほっぺにブッ刺さってます！」

ひきつった笑顔でぎゅうぎゅうするふたりを、俺はみなかったことにする。

やがてバスが到着して、俺たちは降車し、浜波《はまなみ》に先導されて目的地に向かう。夏であれば木漏れ日がまぶしい、緑あふれる避暑地といったところだろう。しかし今は冬で、雨が降りだしそうな空模様で、どこかでカラスが鳴いている。

木々がアーチをつくる小道を抜ければ、丘の上にその洋館はあった。

レンガ造りで、バルコニーがあって、横に長く、三角屋根が左右にある。

「なんか、殺人事件の舞台になりそうだね」

風に吹かれ、髪を押さえながら橘《たちばな》さんがいう。

「浜波《はまなみ》の親戚はさ、なんでこの洋館手放そうと思ったんだ？」

「でるからです」

浜波《はまなみ》は遠い目をしていう。そして、こちらを向かずにスマホの画面をみせてくる。みればこわい話を集めるサイトで、この洋館が紹介されていた。歴代の所有者が非業《ひごう》の死を遂げたことや、気が狂ってしまった使用人の話などが書き連ねられている。

地元では――。

「心霊館。そう、呼ばれているそうです」

◇

荷物を応接間に置いたところで、雨が降る前に外観を撮影するといって柳《やなぎ》先輩は外にでていった。早坂《はやさか》さんと橘《たちばな》さんはまだ仲良しごっこをするつもりらしく、手をつないだまま、部屋のなかにある家具について意見をいいあっている。

「ちょっと探検してみようか」

俺は浜波《はまなみ》と一緒に応接間からでた。

洋館のなかは外観と同じく瀟洒《しょうしゃ》な造りだった。吹き抜けになったエントランス、赤い絨毯《じゅうたん》の敷かれた床、シャンデリアの吊《つ》られた大食堂、木製のアンティーク家具。

長い廊下の左右にある無数の客間、俺たちはその一室に入ってみる。

「ホテルみたいだな」

「電気も水道もちゃんと通ってるんで、すぐにでも開業できますよ」

大きなベッドと、簡易なデスクセットが設置されている。

浜波《はまなみ》はそこでため息をつく。

「この館は……たしかによくない感じがしますね」

「そういうのわかんの？」

「私、けっこう霊感体質なんです。そのせいでよくトラブルに巻き込まれます。霊的なもの以外の面倒事も多いです。ご存知だと思いますけど」

「ふうん」

「え？　なにしれっとした顔してるんですか？　あなたたちのことですよ⁉」

四人そろって、ここで爆発するのはやめてくださいよ、と浜波《はまなみ》はいう。

「今はみんなルール守って安定してるって」

「いや、安定してませんから。全員ストレスためてるだけですから。橘《たちばな》先輩が最初から柳《やなぎ》先輩の彼女にならないって決めてる時点でローテーション成立してないんですよ」

そのとおりだ。そして、柳《やなぎ》先輩も絶対そのことに気づいている。それでも残りの期間、心変わりさせようとがんばるつもりなのだろうか。

「もしかして、ローテーションに早坂《はやさか》さん入れたのって……」

「ああ」

みゆきちゃんの部屋で話したとき、橘《たちばな》さんはいっていた。

『早坂《はやさか》さんと柳《やなぎ》くんにくっついてもらう。早坂《はやさか》さん壊れちゃったら、司郎《しろう》くん絶対捨てれなくなるし』

橘《たちばな》さんは俺と一緒になることしか考えていなかった。そのためならなんでもやるというのは嘘《うそ》じゃなかった。

『性格わるくてごめんね。今だけだから。全部終わったら、もう、こんなことしないから』

そういって、橘《たちばな》さんはずっと俺にくっついていた。みゆきちゃんがコンビニから戻ってきたところで、『もう帰って』といわれた。橘《たちばな》さんは期間中、ちゃんと柳《やなぎ》先輩の彼女をやり遂げるつもりなのだ。

「……たしかに橘《たちばな》先輩の考えているとおりになれば、四人が円満におさまりますね」

浜波《はまなみ》はいう。

「桐島《きりしま》先輩が考えるソフトランディングプランに限りなく近いんじゃないですか？」

そのとおりだ。それもそのはずで、橘《たちばな》さんは俺の誰も傷つけたくないという願望を実現したせ、桐島《きりしま》先輩はちゃんと早坂《はやさか》先輩を手放せうえで、一緒になろうとしているからだ。

「でも早坂《はやさか》先輩と柳《やなぎ》先輩がくっつくってなったとき、桐島《きりしま》先輩はちゃんと早坂《はやさか》先輩を手放せるんですか？」

「そうなったときは、そのつもりだ……」

「早坂《はやさか》先輩がどう考えてるかですよね。女子ふたりで話し合ってローテーションを決めたんですよね？　早坂《はやさか》先輩、一体どういうつもりで……」

そのときだった。

怪訝《けげん》な顔で浜波《はまなみ》が俺の顔をのぞき込んでくる。

「先輩、さっきからなにしてるんですか？」

「なにって、首にしっくりくるものを探してるんだ。延長コードは全然よくなかったし……あ、このタオルなんかいいじゃないか。すごくよく馴染《なじ》む」

俺は首に巻きつけたタオルをしっかり締めて、首の後ろで引っ張ってみる。

「うん、とてもいい」

「桐島《きりしま》先輩……」

浜波《はまなみ》はなんともいえない顔で俺をみながらいう。

「ネットによると、洋館の二番目の所有者がタオルで首を吊《つ》って死んだそうです」

「…………」

「窓の正面に欅《けやき》の木がみえる二階の客室だったとか」

窓の外に目をやれば、立派な欅《けやき》の木がみえた。

「……もう、いこうか」

「一刻も早くこの部屋からでましょう」

そういって俺たちが廊下にでた瞬間だった。

お腹《なか》に響くほどの雷鳴が、館全体を包み込んだ。

電球が明滅する。どうやら近くに落ちたらしい。

「浜波《はまなみ》、大丈夫か?」

俺がきいても、浜波《はまなみ》はこたえない。ただ一点を、ずっと凝視している。

その視線の先、長く薄暗い廊下の向こうに——。

メイドがふたり、立っていた。

青白い顔で、無表情にこちらをみている。

「ひ、ひえ~!!」

「あわわわわわわわ」

俺を盾にしようとする浜波《はまなみ》、俺はその浜波《はまなみ》を矢面に立たせようとして、ふたりで組んずほぐれつ、逃げようとしてずっこける。

「桐島《きりしま》先輩が身代わりになってください!」

「いや、浜波《はまなみ》で！」

電球が暗くなり、点灯するたびにメイドがこちらに近づいてくる。

ふたりの向こう側から、血の海が押し寄せてくるようにもみえる。

「わ～～～!!」

「ぎゃ～～～!!」

◇

「なにもあんなにこわがらなくてもいいのに」

メイド姿の早坂《はやさか》さんが腕に組みついてくる。

洋館の一階をまわっていた。内観の写真を手分けして撮ることになったのだ。二階は橘《たちばな》さんと柳《やなぎ》先輩で、腰を抜かした浜波《はまなみ》は応接室で待機している。

「いや、今はこわくないけど、あのときはけっこう雰囲気あったぞ」

ふたりとも目が虚《うつ》ろだったし、しゃべると、彼女たちの声が重なるのだ。まるで双子みたいだった。ちなみにメイド服を衣装棚のなかにみつけて、かわいいねと話しあったことは覚えているが、着替えたときの記憶は早坂《はやさか》さんにも橘《たちばな》さんにもないらしい。

「どう？　今はかわいい？」

「ああ。すごく似合ってるよ」

「えへへ～、ご主人様～、なんでも命令してくださいい～」

メイドとして奉仕する気はまったくなく、自分本位でやたらめったら甘えてくる早坂《はやさか》さん。

「だって、久しぶりなんだもん」

早坂《はやさか》さんとは最近、全然会えていなかった。アルバイトしていたことを密告されて、停学になってしまったからだ。お母さんにも怒られて、外出禁止だった。

「元気だった？」

「うん。映画とか動画とかずっと観てた」

「学校、来週からだけどいける？」

早坂《はやさか》さんは美術の授業中、みんなの前で俺とキスして、『えっちしたい』とまでいってしまっている。停学のあいだにそのセンセーショナルな印象は多少薄まってはいるが、やはりもう元には戻れない。でも──。

「別にいいよ」

早坂《はやさか》さんは真顔になっていう。

「桐島《きりしま》くんさえいれば、私、なにがあっても平気だもん」

みんなのお人形して好きな人と付き合えないより、みんなからの評判が最悪でも好きな人と付き合えるほうがいいから、というのだった。

「あ、メッセージきてる」

早坂《はやさか》さんがスマホの画面をみせてくる。柳《やなぎ》先輩がメイド姿の橘《たちばな》さんの肩を抱いている自撮りだった。ふたりきりのときになにもしてないことを証明するため、定期的に画像を送るというルールをしっかり守っている。ただ、肩を抱いているところが挑発的だ。

橘《たちばな》さんはちゃんと彼女するという気持ちがあるから、しっかり頭をあずけている。

「これ、本当になにもしてないのかな？　キスして、それ以上のことしたあとに普通の画像を撮って送ることだってできるよね」

「いや、さすがにルール守ってるだろ……」

「あはは、桐島《きりしま》くんへコみすぎだよ」

この感じ懐《なつ》かしいなあ、と早坂《はやさか》さんはいう。

「でも、桐島《きりしま》くんにはもう私がいるんだから、そんな顔しないでよ」

「一つききたいんだけど」

「なに？」

「早坂《はやさか》さんはなんでローテーションすることにしたんだ？」

俺がきくと、早坂《はやさか》さんは「桐島《きりしま》くんを信じてるからだよ」とこたえる。

「私ね、もうなにがなんだかわかんないんだ」

早坂《はやさか》さんは笑顔でいう。

「ローテーションとかも、橘《たちばな》さんにいわれて、テキトーにうなずいたの。考えようとしたんだよ？　もともと柳《やなぎ》くんは私の一番だったし、とか。でも、もう、本当にわからないんだ。学校で私はめちゃくちゃになっちゃって、掲示板にえっちなHさんとかいっぱい書き込まれちゃうし、停学でお母さん泣いちゃうし。もう私には桐島《きりしま》くんしかいなくて、でも桐島《きりしま》くんがいれば大丈夫で、頭働くときもあるんだけど、えっと、私なにいってんだろ……」

早坂《はやさか》さんの目が一瞬虚《うつ》ろになる。でもすぐにまた笑顔になっていう。

「とにかく、桐島《きりしま》くん信じてるからいいんだ！　桐島《きりしま》くんさえいれば、柳《やなぎ》くんの彼女になっても大丈夫！　なにかまちがったことがあったら桐島《きりしま》くんがいってくれるもん、私は桐島《きりしま》くんのいうことをきけばいいんだもん！」

そういって、早坂《はやさか》さんはまた猫のように俺にくっついて甘えはじめる。

「あ～あ、今日が泊まりだったらこの格好のまま桐島《きりしま》くんとイチャイチャできるのになあ」

「……ハグまでのルールあるけどな」

「抱きついたときに当たっちゃうのはしかたないもん」

無邪気にそんなことをいう早坂《はやさか》さん。

そんな早坂《はやさか》さんの願望は実現した。

内観の撮影を終えたところで、また雷鳴が轟《とどろ》き、豪雨となったのだ。外をみれば、水煙が立っている。それはとてつもない嵐だった。

「電車もバスも止まっちゃいましたよ……」

応接間に戻ると、浜波《はまなみ》がスマホを睨《にら》んでいた。そこに柳《やなぎ》先輩と橘《たちばな》さんも戻ってくる。

「復旧の見込みは明日みたいですね」

泊まることに問題はなかった。電気と水道は通っているし、少し埃《ほこり》をかぶっているが、寝床もある。あとは——。

「食べるものはどうしようかな。一日くらい食べなくてもなんとかなるが」

柳《やなぎ》先輩がいったところで、「大丈夫だよ」と、早坂《はやさか》さんがカバンからお菓子をとりだす。ポツキーやハッピーターンのようなオーソドックスなものから、通りもんや阿闍梨餅《あじゃりもち》といったお腹《なか》にたまりそうな銘菓まで、なんでもござれだった。

「普段からそんなに持ち歩いてるのか？」

俺がきくと、早坂《はやさか》さんは「うん！」と元気よくうなずく。

「………」

「桐島《きりしま》くんはおやつ抜きね」

「俺、まだなにもいってないけど」

太るぞっていわなかったのに——。

なにはともあれ、夜を明かすことの算段は整った。それほど問題ないように思えたこの夜に、危険な角度がついたのはそれから数時間後のことだった。

入り口の扉の建て付けがわるく、暴風雨を受けてガタガタ鳴り、今にも扉が開きそうになっていた。みんなでその補強をしていたときだ。

「提案があるんだが――」

柳《やなぎ》先輩が、用具室から持ってきたチェーンをドアノブに巻き付けながらいう。

「それより先輩、チェーンに南京錠《なんきんじょう》までつける必要あります?」

俺はいう。

「それだと扉が開かないようにするというより、中にいる人が逃げださないようにしてるみたいですけど……」

「ああ。でも、こういうものだろ?」

柳《やなぎ》先輩の目はどこか虚《うつ》ろなようにみえた。

「「そういうものだよ」」

メイド姿の早坂《はやさか》さんと橘《たちばな》さんが同時にいう。また手をつないで双子みたいになっている。彼女たちの瞳にも光がない。

「しょ、正気に戻れ～!!」

浜波《はまなみ》が柳《やなぎ》先輩の頬を平手打ちし、早坂《はやさか》さんと橘《たちばな》さんの肩をゆすっていく。

「あなたたちは! なにかよくないものにつかれてるんです!」

ネットによれば、この館では殺人事件もあったようで、犯人は、宿泊客が逃げださないように入り口をチェーンと南京錠《なんきんじょう》で封鎖していたらしい。

「はっ」

柳《やなぎ》先輩の瞳に理性が戻ってくる。しかし、ここからだった。

「さっきの、提案したいって話のつづきなんだけど――」

柳《やなぎ》先輩は眉間にしわを寄せながらいう。

「自分からいいだしておいてなんだけど、けっこう、つらいんだ。俺のこと好きじゃない女の子にアプローチしつづけるの」

先輩は、橘《たちばな》さんの気持ちに気づいていた。デートしても、抱きあっても、それが全て義理だということが伝わってきて、逆にしんどかったらしい。

「ごめん……」

橘《たちばな》さんが申し訳なさそうにいう。

「ひかりちゃんはわるくない。俺が無理をいってるんだから。ただ俺も弱い男だから、こんな嵐の夜には誰かの好意にふれたくなる」

その視線の先には早坂《はやさか》さんがいた。先輩はもう、早坂《はやさか》さんが自分を一番好きだったことを知っている。

よっぽど橘《たちばな》さんの表面だけ優しい態度がこたえたのだろう。

先輩は額に手を当てながら、苦しそうな表情でいってしまう。

俺は弱い男で、誰かに愛されたくて、だから――。
ローテーションの前倒しで――。

「一晩だけ、恋人交換しないか？」

◇

夜、俺は客室のベッドで、橘《たちばな》さんと抱きあいながら横になっていた。

部屋のなかは薄暗い。燭台《しょくだい》に灯《とも》されたロウソクの火がゆらめいている。雷が落ちて、停電してしまったのだ。用具室にマッチとロウソク、燭台《しょくだい》があったからそれを使っている。

洋館はまるで、俗世から隔絶した異界のようだった。

そして、そんな異界の空気にあてられたのだろう。

『恋人交換しないか？』

柳《やなぎ》先輩の提案はすんなり承諾された。橘《たちばな》さんと早坂《はやさか》さんが声をそろえて『いいよ』といったのだ。虚《うつ》ろな目で、また手をつないでいた。

『こわい！　心霊現象よりも先輩たちのやってることがこわい！　傷つけあってるだけ！』

浜波《はまなみ》は絶叫していた。

それから、恋人なのだから、一泊すれば同じ布団《ふとん》で寝るくらいはするんじゃないかという話になり、別々の客室に入って、ベッドのなかでメイド姿の橘《たちばな》さんを抱いている。

シャワーは浴びていない。お湯がでなかったからだ。

橘《たちばな》さんは最初、シャワーを浴びてないことを気にして恥ずかしがっていたが、いざ同じベッドに入ると、「司郎《しろう》くん……司郎《しろう》くん……」と、抱きついてきた。くうんくうんと鳴く、犬のようだった。

「今回はちゃんとルール守るから」

そういいながら湿った吐息を吐き、媚《こ》びるような目で俺をみつめ、時折、抑えきれなくなったように強く下腹部を押しつけてくる。

マンガなんかだと、女の子が胸を押しつけてくる描写がある。でも女の子の本物の好意は、もっと生々しい。

「こんなことするの司郎《しろう》くんだけだから」

橘《たちばな》さんはいう。

「さっき、柳《やなぎ》くんにメイド服褒められて、何度も抱きしめられた。背骨が折れそうになるくらい強く抱きしめられて、頭抱えられて、耳元でずっと『好きだ、好きなんだ、俺をみてくれ』っていわれつづけた。私、彼女だから背中に手をまわしてあげた」

俺は反射的に橘《たちばな》さんを強く抱きしめ返していた。腰が反るくらい抱きしめて、頭を抱えて、耳元で好きだ好きだという。

「私も……ずっと司郎《しろう》くんの彼女でいたい」

そういってあごをあげて、でも、すぐに顔をさげる。そしてキスを我慢する代わりに、俺のシャツを何度も甘嚙《あまが》みする。

嵐の夜に、この薄暗い洋館で溶けあうように抱きあう。

このまま、橘《たちばな》さんともっとしたかった。でも、できない。

ベッドの正面に置かれたテーブル、その上には燭台《しょくだい》と、スマホが立てて置かれている。

スマホの画面には、ベッドのなかで柳《やなぎ》先輩に後ろから抱きしめられている早坂《はやさか》さんが映しだされていた。画面越しに目が合って、早坂《はやさか》さんがにっこりとほほ笑む。

そうなのだ。

スキンシップはハグまで。そのルールが守られているかどうか確認するため、互いの寝ているところを動画で中継しているのだった。

柳《やなぎ》先輩が早坂《はやさか》さんを後ろから抱きしめているため、あっちはふたりともカメラを向いている。

俺と橘《たちばな》さんは抱きあっているから、俺だけがカメラをみている。そんな状態だった。

音声はミュートにしているから、なにを話しているかはわからない。

でも、早坂《はやさか》さんと柳《やなぎ》先輩はとても仲がよさそうだった。

もともと早坂《はやさか》さんが一番好きな相手なのだから、橘《たちばな》さんよりはうまくいく可能性は高い。柳《やなぎ》先輩もその手ごたえを感じているのか、橘《たちばな》さんといるときよりも表情が明るかった。

好きな人よりも、自分を好いてくれる人。

柳《やなぎ》先輩が抱える問題は、おそらく世の中の多くの人が直面する問題だった。でも、俺はそのことについて考えるだけの余裕はなかった。

救いがたいことにやはり俺は、自分の腕のなかにこんなにも美人で従順で、俺の頭からつま先までを愛でどっぷり漬けてくれる女の子がいるのに、スマホの画面のなかに嫉妬を感じてしまっているのだ。

早坂《はやさか》さんの体の熱く湿った、やわらかい感触。

あれを今、柳《やなぎ》先輩が感じている。

頭が狂いそうな状況だ。

橘《たちばな》さんとそういうことをしたい衝動を抑えるために目をそらすと、早坂《はやさか》さんが柳《やなぎ》先輩とイチャイチャしているところが目に入る。

逆に、柳《やなぎ》先輩は絶対に自分に好意を抱いてくれない橘《たちばな》さんが俺に甘えているところをみながら、早坂《はやさか》さんを抱きしめている。

明らかに俺たちは、自分の感情を試していた。

二時間くらい経《た》ったところで、俺に限界がきた。

橘《たちばな》さんがあまりに本能にまかせて体を動かすからだ。ベッドカバーで隠れているのをいいことに、俺の太ももを足で挟み込んでいたのだが、ズボン越しにもわかるくらい、そこを熱く濡《ぬ》らしはじめた。そしてかすかに腰を動かしながら、おねだりするように、俺の袖を指でつまんで引っ張るのだ。

俺たちは一度そういうことをして、いろいろなハードルが下がっている。

このままシてしまおうかとも思った。そうすれば四人の関係が強引にそれっぽいところに着地するかもしれない。

でも、どう考えても、俺と橘《たちばな》さんがしているところを早坂《はやさか》さんと柳《やなぎ》先輩にみせることは残酷すぎることだった。完全に自分をみうしなって、やけくそで橘《たちばな》さんを選んで、周りを全部ぶっ壊すようなやり方だ。

そんな選択肢が思いついてしまうこのわけのわからない状況がよくなかった。

「ちょっと水飲んでくる」

俺はそういって、部屋をでた。

燭台《しょくだい》を持って廊下を歩き、大広間にいって、水差しの水を飲もうとする。けれど先客に、浜波《はまなみ》がいた。

「眠れないんです。桐島《きりしま》先輩もですか？」

「ああいう状況だとな」

「なにも話さなくていいですからね」

「カメラ越しに――」

「あ～！　あ～！　あ～！　あ～！」

俺はいつものごとく浜波《はまなみ》に全部話した。浜波《はまなみ》は、「ききたくないんですよ！　こわいから！」とめちゃくちゃに怒ったあとで、冷静になっていう。

「まあ、ここに逃げてきたのは正解じゃないですか。なんかあの三人、この屋敷《やしき》にきてからちょっと変ですし」

「だよな」

「ここで雑談しながら夜を明かせばいいですよ」

しかし映画はエンドロールに向かって進んでいく。

まずは橘《たちばな》さんが目をこすりながら大広間にやってきた。

「司《し》郎《ろう》くんがいないと寂しい……」

そういって、寝ぼけまなこのまま俺にしがみついてくる。

「こういうときの橘《たちばな》先輩はかわいいんですよねえ」

浜波《はまなみ》が橘《たちばな》さんの頭をなでる。

ソファーに座ってだらだらしているうちに、早坂《はやさか》さんと柳《やなぎ》先輩もやってくる。やっぱり眠れないらしい。

こうして五人そろって大広間で夜を明かす流れになった。しかし——。

柱時計が深夜零時を告げる鐘を鳴らしたときだった。

「なにかゲームでもして時間をつぶそうか」

柳《やなぎ》先輩がいった。でも誰もトランプなんか持っていなかった。ただ、館のなかを探せば、チェスやオセロなんかのボードゲームがあるかもしれない。

でもその前に先輩がそれをみつけた。

「なんだこれ？」

ソファーセットの真ん中に置かれたテーブル、燭台《しょくだい》のとなりに、折りたたまれたルーズリーフが置かれていた。

「さっきまでなかったが——」

先輩がつまみあげる。俺には見覚えがある。それは俺のコートのポケットのなかにあったはずだ。なぜ、そんなところに置かれてしまっているのか。

「ダメです、それを開けちゃいけない！」

けれど、先輩は紙片を開いてしまう。

「真・恋愛ゲーム？」

オープンキャンパスで会った国見《くにみ》さんに渡された真・恋愛ノートに収録予定の恋愛ゲーム。

しかも、俺たちに適した四角関係特化型だときいている。

「これ、やろう」

「ちょ、待ってください」

このゲームはさすがに、やってみるか、やってみよう、そういう流れになった、と拍子を打ってやれるものではない。

『ギブアップ・ゲーム』

それが紙片に書かれたゲームの名称だ。

内容は至ってシンプル、四角関係の四人が男女ペア同士になって対面に座り、各カップルがやることを互いに鏡に映すように同じことをやっていくというものだ。

具体的にどうなるかというと、今の状況では俺と橘《たちばな》さん、柳《やなぎ》先輩と早坂《はやさか》さんがペアになる。

そして俺と橘《たちばな》さんがキスをすると、柳《やなぎ》先輩と早坂《はやさか》さんもキスをするのだ。

「これ、かなり過激ですよ？　相手のペアがやったことは必ずやらなければいけませんし、行為の内容は必ず無制限にするようにって注釈が打たれてます」

ハグまでのルールも当然無効になる。

「でも、『ギブアップ』できるんだろ？」

そのとおり。

俺は早坂《はやさか》さんと柳《やなぎ》先輩がキスしようとしたときに、『やめてくれ』といってギブアップしてゲームを終了させることができる。

ただし、その場合はペナルティとして、今後、俺は橘《たちばな》さんと関係を持つことは許されず、早《はや》坂《さか》さんにだけアプローチしなければいけない。

論法としてはこうだ。

自分の手元に女の子Aがいる。本当に好きな女の子がAであれば、他の女の子のことなんてどうでもいいはずだ。Aとキスできるにもかかわらず、女の子Bが他の男とキスするのを阻止するのであれば、それはAよりもBを優先したということに他ならない。よって四角関係においてAではなくBを選んだと解釈する……。

逆に柳《やなぎ》先輩が俺と橘《たちばな》さんのキスをギブアップして止めると、柳《やなぎ》先輩は手元にいる早坂《はやさか》さんをないがしろにしたということで、早坂《はやさか》さんへのアプローチが禁じられる。

「ホントにやるんですか？　行為はどんどんエスカレートしますよ？」

「なあ桐島《きりしま》、俺たちは限界だと思わないか？」

先輩はいつになく真剣な表情でいう。

「俺は自分の気持ちがめちゃくちゃになっているのがわかってる。このゲームは俺たちの関係をかなりシンプルにしてくれると思う」

そのとおりだ。このゲームは自分の本心を外から強制的に決めるためのものだ。どっちの女の子を優先するのか。しかも——。

「誰もギブアップしなかった場合は、組み合わせが確定するだろ」

そうなのだ。

このゲームは行為が無制限だから、いくところまでいく。ギブアップしなかった場合、手元の相手と最後までいくことになる。逆に、もうひとりの女の子については、他の男と最後までいくことを許したことになる。

つまり、ギブアップされなかった場合、俺と橘《たちばな》さん、先輩と早坂《はやさか》さんの組み合わせで恋人関係が確定する。

「私と早坂《はやさか》さんのギブアップは禁止にしようよ」

橘《たちばな》さんがいう。たしかに橘《たちばな》さんにギブアップは必要ない。柳《やなぎ》先輩と早坂《はやさか》さんがくっつけばいいと思っているから、ふたりがどれだけイチャイチャしていても止める動機がない。そして橘《たちばな》さんからみれば、早坂《はやさか》さんが手元にいる柳《やなぎ》先輩を切り捨ててすぐにギブアップしてしまう可能性があった。

「いいでしょ、早坂《はやさか》さん」

「いいよ」

早坂《はやさか》さんがにっこりと笑って承諾し、ギブアップ・ゲームのレギュレーションが整う。

完全に、俺と先輩のチキンレースだ。

俺がギブアップすれば、俺は早坂《はやさか》さんにしかいけなくなる。

先輩がギブアップすれば、先輩は橘《たちばな》さんにしかいけなくなる。

俺も先輩もギブアップしなければ、現状の組み合わせで確定する。

最終局面ともいえるゲームに、部屋の空気が張りつめる。

「――顔洗ってくる」

先輩は神妙な面持ちで大広間からでていく。橘《たちばな》さんも水差しが空になっているのをみて、両手で抱えてキッチンへと歩いていく。

「よかったのか？」

早坂《はやさか》さんにきく。俺は早坂《はやさか》さんが柳《やなぎ》先輩と一緒に寝ているところをみて嫉妬してしまった。でも早坂《はやさか》さんがやっぱり一番好きなのは柳《やなぎ》先輩だというのであれば、早坂《はやさか》さんが柳《やなぎ》先輩になにをされても、ギブアップせずに見守らなければならない。しかし――。

「いいよ」

早坂《はやさか》さんはやっぱり明るい表情でいう。

「柳《やなぎ》くんのこと、桐島《きりしま》くんと思うから。そうすれば、平気だもん」

「えっと、それって……」

「え？　もしかして私が柳《やなぎ》くんのことまだ好きって思ってたの？　も～、それっていつの話って感じだよ～」

桐島《きりしま》くんが一番好きっていったじゃん、と早坂《はやさか》さんは先輩と橘《たちばな》さんがいないのをいいことに思い切り抱きついてくる。

「俺のこと一番好きならこのゲームやりたくないんじゃないのか？」

「そうだよ、やりたくないよ。でも桐島《きりしま》くんはまた私を傷つけたいんでしょ？　他の男にさわらせて、自分は他の女とイチャイチャしてるところをみせつけて、私をぼろぼろでみじめにしたいんでしょ？　いいよ、私をいっぱい傷つけて。でも、最後は優しくしてくれるんでしょ？　えへへ、また頭おかしくなるくらい桐島《きりしま》くんのこと好きになっちゃうんだろうなあ」

桐島《きりしま》くんのこと信じてるからね、と早坂《はやさか》さんはいう。

「最後は桐島《きりしま》くんがギブアップしてくれるんだよね？　私と柳《やなぎ》くんがイチャイチャしてるのに耐えられなくなって、止めてくれるんだよね？　そうなると橘《たちばな》さんを捨てなくちゃいけないから、完全決着だね。でも、ちょっと橘《たちばな》さんかわいそうだな〜。これだけ期待させられて、体だけそういうの処理するために利用されて、使い捨てられちゃって。あとでお菓子いっぱいあげて慰めてあげなきゃな〜」

「……早坂《はやさか》さん、これは仮定の話なんだけど、もし俺が早坂《はやさか》さんを選ばなかったら——」

「え？　そんなことあるわけないよ？　だって桐島《きりしま》くんだもん。桐島《きりしま》くんはいつも私の味方だもん。私にはもう桐島《きりしま》くんしかいないんだもん。それでも、もし、桐島《きりしま》くんが私を選んでくれないときは——」

そこで早坂《はやさか》さんの瞳が虚《うつ》ろになる。

「そのときは私のこと欲しい人にあげちゃう。誰にでもあげちゃう。だって、いらないもん。

桐島《きりしま》くんのとなりにいれない私なんて、私、いらない。だから捨てる」

「…………」

横できいていた浜波《はまなみ》がたまりかねた顔で叫ぶ。

「やめろ～!!　そのゲームをするな～!!」

しかし、ここまできたらもう止まれない。柳《やなぎ》先輩と橘《たちばな》さんが戻ってくる。

応接間のソファーセット、ゆらめくロウソクの炎を挟んで、俺と橘《たちばな》さん、柳《やなぎ》先輩と早坂《はやさか》さんが向かい合う。浜波《はまなみ》は逃げだす。

「はじめるか」

柳《やなぎ》先輩がいい、三人がうなずく。

ギブアップ・ゲーム。

そういう流れになった。

第35話　ギブアップ・ゲーム

雨音が響く館内、時折、雷鳴が轟《とどろ》く。

部屋のなかが薄暗いから、どこか酔ったような気分になる。まるで秘密の儀式をしているみたいだ。

ゲームはまず、早坂《はやさか》さんから順にまわしていくことになった。

「頭なでて〜」

そういって頭を差しだし、柳《やなぎ》先輩がよしよしと撫《な》でる。早坂《はやさか》さんと同じように橘《たちばな》さんが頭を差しだしてくるので、俺は柳《やなぎ》先輩がしたみたいに橘《たちばな》さんの頭を撫《な》でた。

次の柳《やなぎ》先輩は、ボディタッチではなく質問だった。

「早坂《はやさか》ちゃんは俺のこといつから好きだった？」

「中学生のとき。先輩がサッカー部の試合にきて、それをたまたまみたときから」

その頃を思いだしたのか、早坂《はやさか》さんは恥じらうように目を伏せる。他校の先輩に憧れる純粋な後輩の表情だった。そうだ。早坂《はやさか》さんは本来、そういう女の子なのだ。

なんだか正面のふたりをみていられなくて、俺はとりあえずミラーリングする。

「橘《たちばな》さんはいつから俺のこと好き？」

「小学生のとき初めて公園で遊んでくれたときから。今も好き」

橘《たちばな》さんもその頃を思いだしたのか、少女みたいな表情でいう。俺はそんな橘《たちばな》さんを抱きしめたくなって、我慢する。なぜならそれをしたら、柳《やなぎ》先輩が同じように早坂《はやさか》さんを抱きしめてしまうからだ。

橘《たちばな》さんにいわれて、俺は少し考え、手のひらを橘《たちばな》さんに差しだした。

「次、司郎《しろう》くんだよ」

「お手」

橘《たちばな》さんは、「意気地なし」としらけた顔になった。やっつけで、「わん」といいながら俺の手のひらを、丸めた手でぺしんと叩《たた》く。

早坂《はやさか》さんはそれをみて、元気に「わんわん！」と吠《ほ》え、柳《やなぎ》先輩にお手をする。あっちのメイド犬のほうが愛嬌《あいきょう》ある。

かなり慎重な出だしだった。なぜなら自分がしたことが鏡のように返ってきてしまうからだ。

俺は、早坂《はやさか》さんと柳《やなぎ》先輩をイチャイチャさせたくない。

先輩は、俺と橘《たちばな》さんをイチャイチャさせたくない。

早坂《はやさか》さんは、あのニコニコしてる感じからすると、多分、なにも考えてない。

こうやってブレーキをかけながら進んでいくのかと思った。しかし——。

橘《たちばな》さんは自分の順番になると、ソファーに座る俺の足をためらいなく開き、そのあいだに自分が座り、しなだれかかってくる。

「後ろから抱きしめてよ」

しどけない表情で、俺に体をあずけながらいう。いやいや、と思う。実際、橘《たちばな》さんも正面からの視線を感じているのか、ちょっと恥ずかしそうだ。でも、首をだらしなく俺の肩に乗せて、耳元でささやく。

「私たちが本当に愛し合ってるところ、みせてあげようよ。そしたら柳《やなぎ》くんも早坂《はやさか》さんもあきらめて、丸くおさまるよ」

このゲームにおいて、橘《たちばな》さんだけはブレーキがいらない。他のふたりの心を折りにいける。

どこか挑発的な、橘《たちばな》さんの流し目。

早坂《はやさか》さんはにこやかだが、完全にカチンときたようだった。

『絶対、桐島《きりしま》くんを嫉妬させて、ギブアップさせて、橘《たちばな》さんとくっつくのナシにさせるから。そのときはちゃんとルール守ってよ』

目でそんなことを語りながら、橘《たちばな》さんと同じように柳《やなぎ》先輩の足のあいだに座った。

女子ふたりの感情の激突により、ギブアップ・ゲームに予想外の文脈が発生する。

「司郎《しろう》くん、はやく」

橘《たちばな》さんが不機嫌そうに俺をみあげてくる。

柳《やなぎ》先輩はどこかぼうっとした目でいう。

「イヤだったら、ギブアップできるだろ」

その瞬間、橘《たちばな》さんが泣きそうな顔になる。俺がギブアップすると、橘《たちばな》さんより早坂《はやさか》さんを優先したという判定になって、俺と橘《たちばな》さんのラインが消滅する。

もう、どうなっても知らないからな。

俺は橘《たちばな》さんを抱きしめた。橘《たちばな》さんが「あ」と色のついた吐息を漏らす。華奢《きやしゃ》な感触、橘《たちばな》さんを抱きしめるのはいつも気持ちいい。ふれるだけで喜んでくれて、俺への好意をダイレクトに感じられる精神的な快感がある。

けれど、顔をあげれば、早坂《はやさか》さんが同じように柳《やなぎ》先輩に抱きしめられていた。先輩のたくましい腕が、あの熱くやわらかい体にくいこんでいる。先輩は、理性が二秒でトんでしまうといわれるあの体の抱き心地を感じている。

手元で女の子を抱きしめて気持ちよくなりながら、頭で嫉妬を感じて脳を圧迫される。

おかしくなりそうだ。

柳《やなぎ》先輩も俺のほうをみて苦しそうにしながらも、視線を手元に落として照れた顔になって、感情のやり場に困っている。

これ、大丈夫なのか？　酩酊感《めいていかん》がすごい。

「司郎《しろう》くん、好きだよ」

橘《たちばな》さんが媚《こ》びをふくんだ目つきで、俺の首すじを舐《な》める。

「柳《やなぎ》くん、好きだよ」

早坂《はやさか》さんが先輩の大人びた首すじを、あの厚くぽってりとした舌で舐《な》める。

部屋の湿度がいっきにあがる。俺と柳《やなぎ》先輩がそれぞれメイド姿の女の子を体の前に置き、後ろから抱きしめ、みせつけあうような体勢でゲームは進行する。

早坂《はやさか》さんが柳《やなぎ》先輩の内ももを指でなぞる。柳《やなぎ》先輩の表情で背筋に快感が走ったのがわかる。

橘《たちばな》さんが俺に同じことをして、太ももから脳天に快感が走って、俺は思わず橘《たちばな》さんを強く抱きしめる。

すると柳《やなぎ》先輩も同じように早坂《はやさか》さんを強く抱きしめる。

「や、柳《やなぎ》くんっ」

早坂《はやさか》さんがあごをあげて、口を開ける。腰が反って、柳《やなぎ》先輩の腕と腕に挟まれて、早坂《はやさか》さんの胸が強調される。暑がりな早坂《はやさか》さんは抱きしめられて、もう汗をかきはじめている。

柳《やなぎ》先輩は自分の腕のなかにいる早坂《はやさか》さんをまじまじとみて、首すじに顔を押しつけた。

「あっ」

吐息があたって、感じてしまったのだろう。早坂《はやさか》さんが嬌声《きょうせい》をあげる。

俺はそれをみていられなくて、先輩がやったように橘《たちばな》さんの首すじに顔を埋め、息を吸い込んだ。

「やだ、シャワー浴びてないっ」

そういいながらも、感じやすい橘《たちばな》さんは俺に後ろから抱きしめられ、首すじに息を吹きかけられて、かわいらしく悶《もだ》えはじめる。

瞳から理性の色が消えていき、完全にできあがる。

橘《たちばな》さんは俺の手を持つと、自分の口元に持ってくる。そして、人差し指を舌で舐《な》めはじめた。

最初は物欲しそうな顔でゆっくり舐《な》めていたが、やがて口のなかに入れ、唾液の音を立てて強く吸いはじめる。キスの代償行為じゃない。橘《たちばな》さんはどこか恨めしそうな流し目で俺をみて、もっと欲しいという顔をしている。

「は、早坂《はやさか》ちゃん」

柳《やなぎ》先輩がたまらない感じの声をだす。

早坂《はやさか》さんが、柳《やなぎ》先輩の指をしゃぶっていた。口から唾液が垂れて、メイド服の胸元をぬらぬらと濡《ぬ》らしている。

女子ふたりは競いあうように指を舐《な》めつづける。風雨の音に混じって、粘り気のある唾液の音が、断続的に耳に届く。

嫉妬、誘惑、好意、混乱、性欲、肉体、嵐の洋館に、隔絶した異界ができあがっていた。

橘《たちばな》さんの舌をつまんで、上に向かってひっぱりあげる。あごのあがった橘《たちばな》さんが、甘い吐息を吐きながら身をくねらせる。正面では同じように早坂《はやさか》さんが弄ばれている。

もう順番もなにもない。ただただ、誰かが行為をして、ミラーリングしていく。

耳たぶを噛《か》む、指と指を絡《から》ませる、額を突きあわせる。そんなギリギリのスキンシップを繰り返す。

次第に、俺たち四人の輪郭が崩れ、溶け合っていく。

先輩が早坂《はやさか》さんの体の虜《とりこ》になっているのがわかった。頭では一番の橘《たちばな》さんに誠実にいたいのだろうけど、明らかに可能性がなく、それなら手元にいる早坂《はやさか》さんとどうにかなってしまいたい。そんな衝動が伝わってくる。

普通の四角関係であれば、決着がついていたかもしれない。肉体の誘惑に負けて俺も先輩もギブアップせず、この組み合わせでいこう、と。でも俺たちは歪《ゆが》んでいた。

早坂《はやさか》さんが時折、俺に向かって口を動かすのだ。

『信じてるからね』

後ろから抱きしめている先輩にはみえない。

『まだ？』

先輩に耳を舐《な》められているときも、感じた表情をしながらくちびるが動く。

『もっと、ぼろぼろになったらいいの？』

先輩が早坂《はやさか》さんの体で理性をトばしそうになっている現状では、もう俺の二択になっていた。

ギブアップして早坂《はやさか》さんをとり橘《たちばな》さんを捨てるか、ギブアップせずに橘《たちばな》さんをとり早坂《はやさか》さんを先輩にあげてしまうか。

完全に板挟みだった。

しかもその女の子たちは俺に選ばれなかったとき、ひとりは俺に死んでほしいといい、もうひとりは自分を粗末に捨ててしまうといっているのだ。

どうすべきか、俺は考えなければいけない。

でも、嫉妬と快感で交互に殴りつけられて思考はひどく鈍い。

そんな状況で、ブレーキを踏む必要のない橘《たちばな》さんがついに理性を手放してしまう。

「ねえ司郎《しろう》くん……」

ふたりの視線を感じて恥ずかしそうにしながらも、小声で、「もう我慢できないよ」と俺にしなだれかかりながらいう。

「……胸、さわってほしい」

◇

橘《たちばな》さんは基本的に恥ずかしがり屋だが、恋愛ゲームになると理性をトばす傾向にある。今回もそのスイッチが入ったみたいだった。早坂《はやさか》さんにみせつけてやろうという意図も多少はあったかもしれない。

「下着の上からじゃ……やだ……」

そういって背中に手を伸ばし、器用に服の上からホックを外して、服のなかで下着を胸の上にあげてしまう。

それをみている早坂《はやさか》さんも同じことをする。

『桐島《きりしま》くんだと思ってするから』

口元がそんなふうに動く。

橘《たちばな》さんはもう早坂《はやさか》さんのことなんてみてなくて、俺の両手をつかむと胸に持ってくる。

メイド服ごしに、控えめな胸の感触が手のひらに伝わってくる。

俺は、衝動的にその小ぶりな胸をつかんで、さわっていた。

「あ……司郎《しろう》くん……好き……好きぃ……」

甘く鳴きはじめる——それと同時だった。

「あ……うあぁ……あぁぁ……」

早坂《はやさか》さんの漏れるような声がきこえてくる。

ショックだった。

柳《やなぎ》先輩の手が、早坂《はやさか》さんの大きな胸を揉《も》んでいるのだ。面白いように形を変えている。

早坂《はやさか》さんとの記憶がフラッシュバックする。風邪のお見舞い、文化祭準備期間の夜、俺の部屋、ラブホテル、いつも俺のために濡《ぬ》れていたあの体……。

なんなんだ、この状況は。

三人で、俺の頭をぶっ壊しにきてるのか？

嵐は過ぎ去ったのか、もう風雨の音はきこえない。耳に届くのは、ふたりの女の子の喘《あえ》ぎ声《ごえ》だけだ。

「司郎《しろう》くん、もっとぉ……もっとぉ……」

橘《たちばな》さんがおねだりしてくる。俺はもう頭がおかしくなっていて、ひとりでどんどんいく橘《たちばな》さんにお仕置きしたくなって、メイド服の生地を肌に向かって押さえつける。

胸の先端は、布越しでもはっきりわかるほどに、立っていた。

「やだっ……恥ずかしい……いやっ」

俺の腕のなかで悶《もだ》える橘《たちばな》さん。そんな彼女の胸の先端を、俺はつまんでひっぱる。

橘《たちばな》さんは大きな声で鳴いた。そしてまた同時に――。

「うあぁっ！　そんな、柳《やなぎ》くんっ、激しいよっ……うあぁっ！」

早坂《はやさか》さんも嬌声《きょうせい》をあげていた。みれば、柳《やなぎ》先輩が早坂《はやさか》さんの胸の先端をつまんで、ひっぱっていた。

これは一つの未来だ。

俺が橘《たちばな》さんを選べば、早坂《はやさか》さんは柳《やなぎ》先輩だけとは限らず、他の男とそういうことをするのだ。

そして俺は早坂《はやさか》さんにそうなってほしくなかった。そういうことをするのは俺だけにしてほしかった。

でも、早坂《はやさか》さんを選ばなければこうなるのだ。

唯《ただ》ひとりを愛するなんていうのは幻想だ。俺はそう思って二番目に好きということを肯定した。今、そのことを目の前に突きつけられている。

早坂《はやさか》さんは明らかに感じている。

俺に対する好意は疑ってない。でも実際のところ、じゃあ俺が早坂《はやさか》さんと橘《たちばな》さん以外とそういう行為ができないかといわれたら、そうじゃない。酒井《さかい》とそういう雰囲気になれば、できてしまう。この話は浮気《うわき》をするしないの話ではない。その行為をできるかできないかでいうと、ただひとりとしかできない、ということはないという話をしているのだ。

早坂《はやさか》さんは俺としかできないか？

いや、一定以上の好意が生じる相手なら、おそらくできる。可能性の話として。それを今、目の前でみせつけられている。

橘《たちばな》さんは例外的に、俺としかできない。でもそれだって、ひも解いてみれば、彼女がそういう一途《いちず》な自分を理想として、自分自身をそういう精神の檻《おり》に入れているにすぎない。

それが現実だ。

愛情というのはとても揺らぎやすく、不確定で、絶対じゃない。

だからこそ、刹那のものだからこそ、愛は尊い。

俺たちはいつも誰かに愛されたい。めちゃくちゃにアホみたいに愛されたい。

愛してくれる人は本当に得難《えがた》くて、もしそんな人がいたらめちゃくちゃに愛を返したくて、向こうが望むことを全部してあげて、ゲロゲロに甘やかして、スポイルするくらい愛の漬け物にしたい。

そんな相手がふたりもいて、板挟みで、俺は今、死にかけている。

どうすんだ、これ。

いくら思考の世界に逃避したところで、俺の意識は洋館の大広間に戻ってきてしまう。

わけもわからないまま、どろどろと考えているうちに、小一時間が経《た》っていた。

そのあいだ、俺も柳《やなぎ》先輩も、ずっと腕のなかのメイドの胸をいじりつづけていた。

「司郎《しろう》くん……これ以上はダメだよぉ……私、しんじゃうよぉ……」

橘《たちばな》さんはとろとろに溶けていた。

「うあぁ……うあぁ……」

早坂《はやさか》さんは虚《うつ》ろな目で喘《あえ》ぎつづけている。

どうすんだ、これ、どうすんだ。

『桐島《きりしま》くん、まだ？』

早坂《はやさか》さんの口が動く。

『もうやだよ。桐島《きりしま》くんがいいよ』

俺はすぐにでもギブアップしたい気持ちになる。でもそうしようと少しでも考えると、橘《たちばな》さんが、私だけをみてよって感じで頬に手をあててくる。

「司郎《しろう》くん、なんで？　なんでキスしてくれないの？」

橘《たちばな》さんは汗だくになって頬に張りついた髪を一束くわえている。俺が思考の世界にいたこの小一時間、ずっとキスをせがんでいたらしい。

「私の体、胸だけじゃないよ」

そういって身を少しひねって、正面のふたりからはみえないようにしながら、俺の手をつかんでスカートのなかに入れる。なかは——洪水だった。漏らしたみたいに、内ももまで濡《ぬ》れている。

より濡《ぬ》れているところに指先をすべらせていけば、やわらかくなった下着にたどりつく。やさしくさわる必要のないくらい仕上がっていて、そのまま下着のなかに指を入れる。

橘《たちばな》さんはもう喘《あえ》ぎもしなかった。口を開けて、舌をだしてくる。

キスをすれば、橘《たちばな》さんの体は歓喜に打ちふるえた。

俺はその口内を犯しながら、下着のなかで指をかきまわした。久しぶりのキスで、ひどく興奮する。橘《たちばな》さんは舌を絡《から》めながら、苦しそうに息をする。

中指の先が橘《たちばな》さんのそこに入る。

橘《たちばな》さんはキスをしていられなくなって、俺の胸に顔を押しつけて激しく息を吐く。

そこはとても狭くて、指先が痛いくらい締め付けられる。俺は自分の指先の第一関節のふくらみを引っかけるみたいにして、入り口付近の浅いところで動かしつづける。

スカートのなかから、小さく、水音が響く。

ここまでくると、早坂《はやさか》さんに夢中になっていた柳《やなぎ》先輩も呆然《ぼうぜん》とこちらを眺めている。あれだけ好きだった女の子が他の男にスカートのなかをまさぐられているのだ。

早坂《はやさか》さんは口をかたく結んで、熱っぽい目でみている。

橘《たちばな》さんはふたりの視線に気づいて、恥ずかしそうに身を縮める。でも快感が勝つみたいで、熱く湿った吐息を俺の胸に向かって吐きだしつづける。そして——。

「……きちゃう…………あっ…………くるっ」

とても小さな声でそういうと、二、三度、体をふるわせ、脱力した。

恍惚《こうこつ》とした表情の橘《たちばな》さん。

恥ずかしがり屋のくせに、恋愛キッズのくせに、ふたりの前で、達してみせた。

これは橘《たちばな》さんの主張だ。

どこか満足そうな顔をして、早坂《はやさか》さんを一瞥《いちべつ》する。

早坂《はやさか》さんは——。

「えへへ、オナホだ……オナホがまたなんかやってる……」

笑っているような、泣いているような、ぐしゃぐしゃの顔で、そんなことをいう。

橘《たちばな》さんは、ぞっとするほど冷たい表情になっていう。

「はやくしなよ。そっちがしたら、次はするから。みせてあげる……私と司郎《しろう》くんのあいだに、早坂《はやさか》さんが入る隙間なんてないってこと」

そういう流れになる。

柳《やなぎ》先輩はおそるおそるといった手つきで、指先を早坂《はやさか》さんの内ももに持っていく。スカートのなかに手を入れるのをためらいながらも、もう片方の手で、早坂《はやさか》さんのあごをさわる。

俺がやったことはスカートのなかをまさぐるだけじゃない。キスもした。

今まさにそれをしようとしている。

『桐島《きりしま》くん、まだ？』

早坂《はやさか》さんが俺にギブアップするよう、目で訴えかける。

「司郎《しろう》くん……ダメだよ……」

橘《たちばな》さんがすがりついてくる。でも柳《やなぎ》先輩は早坂《はやさか》さんのあごを持ちあげてキスする体勢で、しかももう片方の手がスカートの裾のなかに入りそうで、俺の精神は崩壊寸前だ。

やめてくれ。このゲームじゃない。この状況、全部やめてくれ。

柳《やなぎ》先輩のくちびるが早坂《はやさか》さんの顔に近づく。やめろやめろと念じていると柳《やなぎ》先輩の顔が早《はや》坂《さか》さんの首すじにいって、助かったと感じるが、そうじゃない。

「あぁっ！」

早坂《はやさか》さんが体を震わせ、声をあげる。

「そんなに吸ったら……跡ついちゃうよぉ……」

おい、それもやめろ！　俺の早坂《はやさか》さんだぞ。くそっ。

俺は目の前にある白いうなじにくちびるをつけて、強く吸う。橘《たちばな》さんも嬌声《きょうせい》をあげる。柳《やなぎ》先輩は苦しそうな表情のまま、早坂《はやさか》さんの首すじから肩にかけて吸っていく。キスマークがいくつもできあがる。

「うあぁ……うあぁ……」

喘《あえ》ぐ早坂《はやさか》さん。

俺も橘《たちばな》さんの肌に跡をつけていく。同時に早坂《はやさか》さんを上書きしたくて、でもできなくて、腕のなかにいる橘《たちばな》さんのスカートのなかに手を突っ込んで、濡《ぬ》れたそこをまさぐって、胸をさわって引っぱって、橘《たちばな》さんをとろとろに溶かしていく。

ぐるぐるしてくる。なんだこれ、やめてくれ。

そして柳《やなぎ》先輩がついに決意したのか、早坂《はやさか》さんのスカートの裾をあげはじめる。白い太ももが露出する。キスもしようと顔を近づける。

ギブアップしたいが、腕のなかの俺だけの女の子も手放せない。

でも放っておいたら早坂《はやさか》さんは――。

雷落ちてくれ、落ちろ、今すぐこの洋館を燃やしてくれ。

でも落ちないし、柳《やなぎ》先輩のくちびるが早坂《はやさか》さんのくちびるにふれそうになって、俺の頭がぎゅぅっとなったそのときだった。

「もう、やめよう」

そういったのは――。

柳《やなぎ》先輩だった。手で額を押さえている。

「こんなの、どうかしてる。まちがってる」

息を荒くしながら、ひどく困惑した表情で、逃げるように廊下へつづく扉へ向かう。

「今夜のことは全部なかったことにしよう。一夜限りの恋人交換もなしだ……ちゃんと丁寧に、ゲームなんかじゃなく、最初に決めた期間で真面目にやろう。俺がどうかしてたんだ……ちゃんと別々の部屋で寝よう……わるい、気分がちょっと……」

そういって、大広間からでていった。

三人になり、一瞬の間があったあと――。

「桐島《きりしま》くん、信じてたよ」

そういって、橘《たちばな》さんを押しのけて、早坂《はやさか》さんが抱きついてくる。

「えへへ。柳《やなぎ》くん、全部なしにしようっていってたけど、あれ、ギブアップだよね。私より橘《たちばな》さんを選んだってことだよね。柳《やなぎ》くんはもう、私にアプローチするの禁止だよね。あ〜あ、私、柳《やなぎ》くんに選ばれなかったな〜」

　嬉《うれ》しそうにぴょんぴょん跳ねる早坂《はやさか》さん。

「私、ホントに桐島《きりしま》くんしかいなくなっちゃった。ひどくてクズな桐島《きりしま》くん。他の男に胸までさわらせるんだもん。ホント、イヤだったんだよ、早く助けてほしかったんだよ。あの柳《やなぎ》くんとかいう人、すごくいやらしいんだもん。そのくせギリギリで私の体なんか捨てて、橘《たちばな》さんとの可能性を残すんだもん。すっごくみじめ。誰からも求められてないんだ〜ってなって、わんわん泣きそうだった。でも最後の最後にこうやって桐島《きりしま》くんが助けてくれるんだもん。頭ぶっ壊れちゃうよ。好き——」

　まくしたてながら、早坂《はやさか》さんは下着をしてない胸を押しあて、キスしてくる。

「しようよ、もうしちゃおうよ。準備なんていらないよ。そのままで。うわあ、今したら私すごいことになると思う。絶対、桐島《きりしま》くんのこと気持ちよくできると思う。なんか、変な男にいっぱいキスマークつけられちゃったし、上書きしてよぉ」

　理性を失った目。その横《よこ》っ面《つら》を——。

橘《たちばな》さんがひっぱたいた。

本当に手加減なしで、凄《すご》い音がする。早坂《はやさか》さんは床に倒れる。橘《たちばな》さんはその胸ぐらをつかんで立たせ、修羅の如《ごと》き表情で睨《にら》みつけながらいう。

「私の彼氏に変なことしないで」

「……桐島《きりしま》くん、助けて」

早坂《はやさか》さんが俺の服の袖をつまんでくる。

「いったん落ち着いて——」

俺はいうが、橘《たちばな》さんはきいてない。

「二度と私の彼氏にさわらないで」

「橘《たちばな》さんの彼氏、今はあの柳《やなぎ》って人でしょ」

「……じゃあハグまでのルール守りなよ」

「先にルール破ってオナホになったの橘《たちばな》さんじゃん」

橘《たちばな》さんは目を見開き、また早坂《はやさか》さんに平手打ちする。みてるこっちがこわくなる剣幕だが、早坂《はやさか》さんは「えへへ」と笑う。

「オナホがなんか叩《たた》いてくる。オナホが怒ってる」

橘《たちばな》さんが早坂《はやさか》さんの髪をつかむ。そしてまた頬を何度も叩《たた》いた。

俺はふたりのあいだに割って入る。

ここぞとばかりに早坂《はやさか》さんが俺の懐《ふところ》に飛び込んで抱きついてくる。

「こわかったよぉ～」

俺が早坂《はやさか》さんを守る格好になるから、橘《たちばな》さんは悔しそうに下くちびるを噛《か》んだ。

「なんで？」

「いや、暴力はよくないって……」

「そうだけど……司郎《しろう》くん……ひどいよ……」

橘《たちばな》さんはひどく寂しそうな表情になる。

そこに追い打ちをかけるように、俺の腕のなかから早坂《はやさか》さんがいう。

「橘《たちばな》さん、もうどっかいってよ。きこえてたんでしょ？　あの柳《やなぎ》って人が『もう、やめよう』っていって立ちあがったとき」

柳《やなぎ》先輩は自分の声できこえてなかっただろう。

でも、俺の腕のなかにいた橘《たちばな》さんの耳には届いていたはずだ。

柳《やなぎ》先輩がギブアップしたのと同じタイミングで――。

とても小さな声で――。

「桐島《きりしま》くん、『やめてくれ』っていってたよ。私を選んでたんだよ」

◇

翌朝、嵐は過ぎ去り、快晴だった。

木漏れ日のなかを走るバス、車内はとてものどかだ。車窓からみえる風景が美しい。

昨夜はどうかしていた。

きっとこのいわくつきの洋館のせいだ。

出発前、なんとなくみんなでそう結論づけた。あのギブアップ・ゲームが正常な判断力を奪われた状態でおこなわれたことはまちがいなかった。あれは狂騒のゲームだ。

真・恋愛ノートは決して世にだしてはならない。そう思った。

こうして昨夜のことは全て参考記録扱いになったわけだが、俺たちの心に深い爪痕を残したのはまちがいない。

柳《やなぎ》先輩は恋人ローテーションを、卒業までの全期間、橘《たちばな》さんにしてほしいといった。

当初の提案だ。

橘《たちばな》さんが承諾して、早坂《はやさか》さんと柳《やなぎ》先輩のラインは完全に消滅した。くしくも、ギブアップ・ゲームのルールが守られたことになる。

もちろん橘《たちばな》さんが恩返しに形式上付き合うというスタンスを崩す気がないのは明らかだ。

どちらかひとりが自然と柳《やなぎ》先輩とくっついてソフトランディングする。昨夜起きたことを思い返せば、実現可能性は万に一つもなかった。

俺にはもう逃げ場がなかった。

小さな声で『やめてくれ』といったことも、しこりとなって残っている。

早坂《はやさか》さんと橘《たちばな》さんはもう隣り合って座っていない。

バスの車内、みんなバラバラだ。

昨夜の嵐は俺たち四人の関係を完膚なきまでにクラッシュさせてしまった。

浜波《はまなみ》だけが俺のとなりに座っている。

「全部、あの館のせいなんだ……なにかがとりついて、俺たちにいろいろやらせたんだ……みんな、様子がおかしかった……」

「そのことなんですが」

浜波《はまなみ》が遠慮がちに切りだす。

「どうやらあの洋館、心霊現象はガセみたいです」

「え？　どういうこと？」

「私がいいだしといて恐縮なんですが……」

浜波《はまなみ》がスマホの画面をみせてくる。心霊サイトの書き込みは、全部ネタだったようだ。なぜそんな噂《うわさ》が立ったかというと——。

「ホラー映画の撮影に使われたみたいです」

有名な映画だった。一時期よく広告で流れていたトレーラーのなかに、殺人鬼がチェーンでドアを封鎖するシーンや、客室で首を吊《つ》るシーンがあったはずだ。

浜波《はまなみ》はジトッとした目で車内を見渡していう。

「……皆さん、影響されやすいというか、ちょっとノリよすぎないですか？」

俺はため息をついていう。

「どうりで見覚えあると思ったわ」

第36話　春雷

昼休み、部室でのことだ。

橘《たちばな》さんが窓を開け放ち、中庭を眺めている。

二月なのに、春のように暖かい。窓から吹き込む風は生ぬるかった。

曇り空の下、中庭には三年生の男女がベンチに座っている。

「中山《なかやま》先輩と大倉《おおくら》先輩？」

俺がきくと、橘《たちばな》さんは「うん」と気だるげに返事をした。

中山《なかやま》先輩と大倉《おおくら》先輩は、前年度の文化祭カップル選手権の優勝者だ。将来結婚するというジンクスを手に入れたふたりで、橘《たちばな》さんはそんな彼らを眺めるのが大好きだ。

「ねえ司郎《しろう》くん、知ってる？」

「なにを？」

「中山《なかやま》先輩と大倉《おおくら》先輩、ふたりきりのときは学校にいるときとちがうらしいよ」

お調子者の中山《なかやま》先輩を、しっかり者の大倉《おおくら》先輩がたしなめているイメージだ。でも――。

「学校の外では中山《なかやま》先輩は全然ふざけてなくて、頼りになる感じで、大倉《おおくら》先輩は甘えながらついていくんだってさ」

「いわれてみれば、ありそうだな」

「最高だよね」

中庭では、中山《なかやま》先輩がいつものごとく、女子バレー部ナンバーワンといわれた大倉《おおくら》先輩の胸をさわろうとして、手をはたかれている。でも、ふたりきりのときはちがうのだろう。

「それより橘《たちばな》さん――」

「なにもいわなくていいよ」

「そういうわけにはいかないだろ」

「司郎《しろう》くんはなにもしなくていいよ。私と早坂《はやさか》さんで話し合って決めるから」

橘《たちばな》さんは物憂《ものう》げな顔をしながら、中庭を眺めつづける。

ここ最近、ずっとこんな調子だ。

橘《たちばな》さんはちゃんと柳《やなぎ》先輩の卒業までの恋人をしようとしている。このあいだも、柳《やなぎ》先輩が草サッカーの試合にでるというので、ちゃんと運動公園に応援にいった。一応、ルールがあるから俺も早坂《はやさか》さんもついていった。

橘《たちばな》さんはネット越しに、フィールドを眺めていた。

柳《やなぎ》先輩は怪我《けが》でサッカーをあきらめた。でも、上手《うま》くプレーできないからってやめるのはちがうと思ったらしい。大学での復活を目指して、がんばりはじめた。

普通の女の子であれば、感動して、となりで支えようとするのかもしれない。でもそれは橘《たちばな》さんの求めるものではなかった。そもそも、橘《たちばな》さんは柳《やなぎ》先輩になにも求めていない。

淡々とタオルとスポーツ飲料を渡す姿が残酷だった。

大学受験の会場にも応援についていき、「がんばれ」といったらしい。その「がんばれ」という言葉はずいぶん虚《むな》しく響いただろう。

送られてくる画像の柳《やなぎ》先輩の表情にはあきらめと心残りがみてとれた。

俺たちはわかっていた。もうなにもかもが臨界点に達している。

早くしなければ、ずっと傷つけあうだけだ。

もう全員バラバラになってもいい。あるとき、そんな投げやりな気持ちで早坂《はやさか》さんと橘《たちばな》さんに、もう全部終わりにしたほうがいいんじゃないか、と話した。

翌日の放課後、部室に呼びだされた。

とても寒い日だった。

ふたりは洋館から持って帰ってきたメイド服に身をつつみ、手をつないでソファーに座っていた。

「私たち、仲良《なかい》いよ」

「そういうことにしないと桐島《きりしま》くん、逃げちゃうよね。自分が私たちのケンカの原因になってるって思いたくないもんね。悪者になりたくない、クズだもんね」

「ちがうよ、司郎《しろう》くんは弱いだけだよ」

私たち仲良しだから、大丈夫だよ。だから逃げないでね。

ふたりはそういうのだ。

仲良しってとこは無理あるだろ、っていったら、ふたりは抱きあってキスをはじめた。

ほら、みて、仲良し。

こういうの、好きでしょ？

橘《たちばな》さんが受け身だった。ふたりはキスをしながらまさぐりあった。全てが終わったとき、そこにあったのはソファーで息をあげて脱力するふたりの女の子と、室外機の低い音だった。

心地よい頽廃《たいはい》の香りがした。

一瞬を切り取ったフィルムとしてはまちがいなく美しかったが、そこには継続性も将来性もなかった。つまり、未来がなかった。

その日から、また早坂《はやさか》さんと橘《たちばな》さんは表面上、仲良くしはじめた。

でも、あれだけ派手にケンカして元に戻るはずがない。それは雨が降るたびに痛む古傷のように一生残ってしまうものだ。

もう、俺が強引に選ぶしかない。

だから、いう。

「橘《たちばな》さん、話があるんだけど」

「なにも話すことない」

橘《たちばな》さんはずっと中庭をみおろしている。

「私たちだって、あんなふうになれるのに」

橘《たちばな》さんにとって、中山《なかやま》先輩と大倉《おおくら》先輩は理想だ。同じようにカップル選手権で優勝して、全校生徒に認められたラブラブなふたり。誰も割って入ることはできない。でも——。

「ああなりたい」

橘《たちばな》さんがそういった直後だった。

中山《なかやま》先輩と大倉《おおくら》先輩がベンチから立ちあがる。高校三年生よりもさらに、大人びた表情にみえる。そして、風に乗ってふたりの会話がきこえてしまう。

「じゃあ私たち、今日でさよならしよっか」

「そうだな。卒業式までとか、芝居がかったことするのもあれだし」

「向こうにいっても、がんばってね」

橘《たちばな》さんは無言で窓をしめた。

冷たい刃物のような表情になっていう。

「司郎《しろう》くん、いこう」

◇

雨が降りだしそうな空の下、川沿い、堤防の上を歩いている。

今ごろ、クラスメートたちは授業を受けているのだろう。

いこう。

そういって部室をでた橘《たちばな》さんは、下駄箱《げたばこ》でローファーを履いて、校外にでてしまった。

昼休みだよ、といっても、どうでもいい、としかいわなかった。

橘《たちばな》さんがそのままどこかに消えてしまいそうだったから、心配で、ずっととなりにいる。

もう、堤防にあがってから小一時間も歩きっぱなしだ。

「どこにいくんだ？」

橘《たちばな》さんは一瞥《いちべつ》してからいう。

「遠いところ」

まるで投げやりだが、全く目的がないわけではないらしい。

「駆け落ちする」

そういって、俺の手を握る。

「私、もう全部わかってる」

ローテーションを決めるとき、早坂《はやさか》さんが柳《やなぎ》先輩を好きで、でも無理そうだったから俺と付き合っていたことをきいたとき、気づいたのだという。

「司郎《しろう》くんが一番好きなの、私だよね」

どうせいってくれないと思うけど、といって橘《たちばな》さんはつづける。

「早坂《はやさか》さんといろいろしてるうちに、別れられなくなっちゃったんでしょ？　柳《やなぎ》くんに気を使っちゃったんでしょ？」

そうだ。もし俺と早坂《はやさか》さんが二番目同士で付き合う前に、橘《たちばな》さんが俺のことを好きだと教えてくれて、柳《やなぎ》先輩が早坂《はやさか》さんに揺れてくれてたら、パズルはきれいにハマっていただろう。

でも、俺たちの感情は移ろいやすくて、変わってしまった。

そして今、身動きが取れない。だから——。

「駆け落ちすればいいんだよ」

そうすれば、周りのしがらみを全てみなくて済む。一番に好き同士で、誰に気兼ねすることもなく過ごすことができる。橘《たちばな》さんはそういうのだった。

「ちょっと苦労するだろうけどさ」

橘《たちばな》さんは少し田舎の港町にいくつもりらしい。

「まずは小さなアパートの部屋を借りるでしょ。窓から海のみえる部屋」

お金は橘《たちばな》さんが稼ぐという。

「旅館とか食堂とか、そういうところで働かせてもらう」

仲居姿の橘《たちばな》さんは、それはそれで似合うかもしれない。

「雇ってもらえなかったら、そういう店でお酒つぐくらいする。だから司郎《しろう》くんは働かずに勉強《つよ》してていいよ」

俺は大検からの大学受験を目指すのだという。

「司郎《しろう》くんが大学卒業するまで、生活は私がなんとかするから、就職したら楽させてね」

橘《たちばな》さんは生活のプランについても語る。

「毎朝、私がお味噌汁《みそしる》を作る音で司郎《しろう》くんを起こすでしょ」

「早起きできるイメージないけど」

橘《たちばな》さんがきっ、と睨《にら》むので俺は黙る。

「一つの布団《ふとん》で一緒に寝て、私はそれで幸せで、家事も一生懸命するんだけど、お酒に酔った司郎《しろう》くんに蹴られちゃったりするの」

「おい」

「司郎《しろう》くんは私が働いて稼いだお金を持ちだして遊びはじめちゃって。やめてっていっても殴りつけて、私は床に倒れるの」

「想像力あるんだよなあ」

「私は駆け落ちしてもらった引け目があるから、蹴られても殴られても謝りつづけて、お金を持っててていった司郎《しろう》くんを、泣きながら部屋でひとり待ちつづけるの」

「俺そんなひどいことしないから」

「ホント？」

「そういうことになったら、俺、ちゃんとするし」

「それなら私たち、幸せになれるね」

橘《たちばな》さんは少し嬉《うれ》しそうにして、すぐにまた冷たい横顔になる。その目には静かな決意が宿っているようにみえた。

「あんなのまちがってるよ」

まっすぐ、前だけをみながらいう。

「好きなのに別れるとか、絶対まちがってる」

中山《なかやま》先輩と大倉《おおくら》先輩のことをいっているのだ。中庭の会話によると、彼らは将来の目標のために別れることにしたようだった。中山《なかやま》先輩が海外にいくといっていた。遠距離で互いに負担になるよりも、それぞれの勉強やバレーの実業団入りに向けた練習なんかに集中したほうがいいと判断したのだ。

大人だと思う。

十代の一時の恋のために将来の可能性を捨てる人がいたら、誰でもやめとけという。

でも――。

「そんなの絶対幸せじゃない。がんばって、努力して、夢を叶《かな》えて、でもとなりにはもう好きな人がいなくて、そんなの私はイヤだ」

目標を達成して、立派な大人になって、そのときの自分にあった素敵なパートナーをみつける。とても現実的な幸せへの道だ。

もう少し時が経《た》てば、橘《たちばな》さんの考えも変わるかもしれない。

でも橘《たちばな》さんは十七歳で、ガラスみたいな感性を持つ女の子で、それが全てだった。

俺たちはそれから足がくたくたになるまで歩いた。

周りの景色が変わって、本当に橘《たちばな》さんが思い描く哀愁漂う港町にいけるような気がした。

しかし、そのうちに空が暗くなって、雷が鳴りはじめた。

雨がぽつぽつと降りはじめる。

橘《たちばな》さんは口をかたく結んで歩きつづける。

どんどん足早になっていく。そして今にも走りだしそうになったところで、足を止めて、歯のすき間から漏らすようにいった。

「私、子供だ」

橘《たちばな》さんが泣きだすのと同時に、雨が本降りになった。

「ずっと、雨が降る前に戻らなきゃって思ってた」

橘《たちばな》さんは顔をくしゃくしゃにして、こらえようとして、でもこらえられなくて、嗚咽《おえつ》しながら泣いた。

それは悔し泣きだった。

結局のところ、駆け落ちなんて全く現実的じゃなかった。

俺も十五歳のときに、ひとりで家出して生きていこうとしたことがある。

小説の影響だった。俺はその主人公のようにシットアップをして体を鍛え、バスに乗って遠くへいき、個人経営の図書館で働こうと決意した。リュックサックに荷物を詰め、バスのチケットも買った。でも、それだけだった。俺はバスターミナルから、そのバスが出発していくのをただ眺めていた。

それで良かったと思う。十五歳の少年を雇ってくれる個人経営の図書館なんてあるはずないことも、もうわかる。多分、橘《たちばな》さんが求める港町もない。

雨に濡《ぬ》れた橘《たちばな》さんの手を引いて、きた道を戻った。

俺たちはどこにもいけない。

学校近くまでくる頃には雨はあがり、空は晴れていた。橘《たちばな》さんは部室に戻り、タオルで頭を拭いてジャージに着替えると、そのまま帰っていった。

もしかしたら一緒に泣くべきだったのかもしれない。でも、できなかった。それが俺は少し哀《かな》しい。

橘《たちばな》さんが自分の無力さに泣いた日の夜も、俺は普通に予備校にいって早坂《はやさか》さんと一緒に大学受験に向けて勉強した。

授業が終わったところでスマホをみたら、橘《たちばな》さんからメッセージが届いていた。

そこには玲《れい》さんの財布からクレジットカードを抜いたこと、家にあった現金も持ちだしたこと、温泉街の旅館で住み込みの募集があること、夜行列車のチケットを取ったことが書かれていた。

夜行列車は今日の二十三時三十分、上野発だった。

橘《たちばな》さんは上野公園で待っているという。

司郎《しろう》くんがこなかったら、ひとりで消えるから。

そう、書かれていた。

◇

二十時十五分。

夜行列車が発車するまであと三時間弱、俺は繁華街をあてもなく歩いていた。

橘《たちばな》さんがどこまで本気かはわからない。

いずれにせよ、もし俺がいかなかったら橘《たちばな》さんはこのまま消えてしまう気がした。彼女は自分の刹那の感覚を強く信じているのだ。

一緒に泣けず、普通の顔して予備校にいく自分がひどく汚く感じられた。

駅にいかない言い訳はいくらでもできた。

「ダメだよ」

予備校の校舎からでたとき、なにかを察したのか、早坂《はやさか》さんがいった。

「桐島《きりしま》くんは私の彼氏なんだよ。私を選んだんだよ」

抜け駆け禁止を破ったときも、洋館でゲームをしたときも、私を選んだんだよ、と早坂《はやさか》さんはいう。

「橘《たちばな》さんはよくないよ。危なっかしくて、いつか桐島《きりしま》くんを破滅させるもん」

そして、今から家にきてよ、一緒にご飯食べようよ、というのだった。お母さん、桐島《きりしま》くんに会いたがってるから、と。

今夜は無理だといっても、早坂《はやさか》さんはきかなかった。

「待ってるからね！　朝まででも、待ってるからね！」

準備があるからといって、手を振りながら先に帰っていった。

そして俺はどうしていいかわからず、街をただ歩いている。

上野駅にいかなかったら橘《たちばな》さんは破滅するし、いったらいったで、俺と橘《たちばな》さんふたりで破滅するだけとしか思えない。俺たちふたりしかいない、行き止まりの未来だ。

いかなければ早坂《はやさか》さんと一緒になって、普通の恋人をする未来がみえる。

でもそれをすると、橘《たちばな》さんは再起不能なくらい傷つくことは明らかだった。なぜなら彼女は全てを捨てて、俺を待っている。

橘《たちばな》さんは俺とふたりきりになるために、一緒に破滅しようよ、といっているのだ。

早坂《はやさか》さんと似ていると思う。早坂《はやさか》さんは俺と一緒にめちゃくちゃになりたくて、学校生活を破滅させた。いい子の評判と、清楚《せいそ》なアイコンを捨てるだけならまだしも、むしろ真逆のイメージまで植え付けてしまった。

このあいだ、男子に渡り廊下に呼びだされていた。いつものように告白されてるんだなと部室から眺めていたら、断ったところで、卑猥《ひわい》な言葉を投げつけられていた。……のくせにお高くとまってんだな、と。そういう目的だったらしい。

「平気だよ。私には桐島《きりしま》くんがいるもん。桐島《きりしま》くんだけいてくれたらいいもん」

あとで声をかけたら、そういって笑っていた。

「SNSのアカウントにもいっぱいえっちなリプつけられるんだ。匿名のDMもよくくるし。三人でやろうよ、とか」

俺と公式の恋人になった早坂《はやさか》さんはとても安定している。でも時折、不安定になったときに自分を安売りするような言葉がやむことはない。

「桐島《きりしま》くんに選ばれなかったら？　そんなの、前にいったとおりだよ。テキトーに誰かにあげちゃう。いらないもん、そんな私。でもヤだなあ、初めてでいきなり何人もの男の人にヤられちゃったりしたら」

ふたりとも、俺にぶつけすぎだと思う。

好きという感情はいつでもプラスみたいな扱いで、過剰でもオッケーみたいな感じになってるけど、彼女たちは自分を傷つけながら投げつけてくるから俺はもう押し潰されそうだ。

なんて考えてるうちに、夜行列車の出発まで残り三時間を切っていて俺はもうやばい。

なんだか街の明かりもかすんでみえはじめる。

そのとき、雑踏のなかに見知った顔をみつけた。俺はとりあえず両手でピースサインをつくってみせる。

「桐島《きりしま》じゃん」

酒井《さかい》だ。髪をあげてメガネを外している。美人モードということは、誰かとデートしてきたのかもしれない。

「なにやってんの、超ゴキゲンじゃん」

「ちょうどよかった。酒井《さかい》にききたいことがあるんだ」

「急だね」

俺は話した。橘《たちばな》さんの割れたガラスみたいな感性を喉元に突きつけられて、あと数時間の選択を迫られていることを。

人通りの少ない路地にきたところで、酒井《さかい》が足を止める。

「うわぁ……」

「案外、平気ってことないか？　ふたりとも今は熱くなってるけど、時間が経《た》てば落ち着くというか、俺がふったところで大して影響ないというか、ほら、どっちもすげえモテるし、俺がこっぴどく傷つけても、ダメージ少なく済むんじゃないかって……」

「逃げたがってるなあ～」

酒井《さかい》は楽しそうに笑いながら、一歩踏みだして鼻先の距離まで近づいてくる。

「抱きしめていいよ」

「え？」

「いいから」

いわれて、俺は酒井《さかい》を抱きしめる。甘い香りと、スタイリッシュなみためからは想像してなかった肉付きの、やわらかい感触。

「キスもしよっか」

俺は酒井《さかい》の薄いくちびるにキスをする。

「あかねや橘《たちばな》さんと比べてどう？」

正直にいって、といわれて、俺はこたえる。

「なにか、ちがう感じがする」

酒井《さかい》はまちがいなく魅力的で、以前の俺であれば絶対に舞い上がっていたと思う。でも酒井《さかい》の色気にくらっとすることはあっても、早坂《はやさか》さんや橘《たちばな》さんと抱きあったときのような熱さは感じられなかった。

「多分、桐島《きりしま》は本当に人を好きになっちゃったんだよ」

ポーズじゃなくて、と酒井《さかい》はいう。

「一生、あかねや橘《たちばな》さんみたいに感じられる人はあらわれないんじゃない？」

そうかもしれない。そして早坂《はやさか》さんと橘《たちばな》さんにとっても、それは同じだと酒井《さかい》はいう。

「だからもう桐島《きりしま》はやるしかないんだよ」

残酷だね、と酒井《さかい》が耳元でささやく。

もし桐島《きりしま》に選ばれなかったら――。

「橘《たちばな》さんは一生誰とも恋しないだろうね。二度と笑わなくなりそう。まあ、そのくらいで済めばいいほうで、もっと悲劇的なことになるかもね。橘《たちばな》さん、危なっかしいし」

おい、やめろ、俺を追い込まないでくれ。

「あかねは絶対、自分を安売りするだろうね。多いよ、たくさん関係を持つことで、失《な》くした大事なたった一つの恋の価値を薄めて、あれも別に大したことじゃなかったって思い込んでやりすごそうとする女の子。あかねは買い手も多いから、すぐにいっぱいできるだろうね。遊んでる男、お金持ってるおじさん、みんな寄ってくるよ。そのうち悪い男にひっかけられて、ペットにされちゃうかもね」

どうするの？

酒井《さかい》にいわれて、そんなもんどうにもできんだろ、と思いながらもどうにかしなきゃいけなくて、でもやっぱどうにもできんだろと思って俺は地面に転がって力の限り泣いた。

「おんぎゃ〜！　おんぎゃ〜！　おんぎゃ〜！」

のたうちまわり、手足をやたらめったら動かしてみるが、そんなもんでなにか解決するはずもなく、ただ逃げだしたい一心で、俺はもっと泣いてみる。

「ほぎゃ〜！　ほぎゃ〜！　ほぎゃ〜！」

酒井《さかい》がめっちゃウケてくれて、俺はここで時間が止まって一生このままでもいいよ、って思う。

「桐島《きりしま》史上一番カッコいいじゃん。よちよちよちよち〜」

酒井《さかい》が俺の口に指を突っ込んでくるから、俺はその指をしゃぶる。

「でも被害者ぶるのはよくないなあ。ふたりの女の子から好き好きいわれて、気持ちよかったんでしょ？」

はい、と俺はうなずく。

最高に気持ちよかったです。

「愛が重くなればなるほど、もっとくれって思ったんでしょ？」

はい、とうなずく。

愛されることはおそろしいほどの快感なのです。

「笑わない女の子が自分にだけ笑ってくれて嬉《うれ》しかった？」

嬉《うれ》しかったです。

周りの男たちに対して、さらにいうなら柳《やなぎ》先輩に対して、優越感がありました。

「恋愛キッズを自分色に染めてくの、楽しかったでしょ」

最高でした。

「みんなの清楚《せいそ》アイドルが自分の前だけ乱れるの、気持ちよかった？」

それもまた優越感があって最高でした。

「そんな清楚《せいそ》な女の子が自分のせいでみんなからビッチとかヤリマンとかいわれるようになって、どんな気持ち？」

罪悪感がありながらも、なぜかドキドキしました。

「ふたりがどんどん狂っていくの、どうだった？」

とてもきれいでした。

「クズだな～」

酒井《さかい》が笑う。

たしかに俺にはクズな感情が山ほどある。でも。でも——。

「俺はふたりのことが本当に好きだし、幸せになってほしい。その気持ちはたしかにあって、それがほぼ全てだったんだ」

でもそれができないから。

俺は酒井《さかい》の靴にすがりつく。

「酒井《さかい》、俺を殺してくれ……おぎゃ、ほぎゃ……殺してくれ」

でも酒井《さかい》は、「ダ～メ」といって俺の額をぺしっと叩《たた》く。

「桐島《きりしま》を殺すとしたら、あかねか橘《たちばな》さんだからさ」

「縁起でもないことをいう」

「ほら、そろそろ立ちなよ。寝てるひまないでしょ」

今夜、選んじゃいなよと酒井《さかい》はいう。

「桐島《きりしま》はちゃんと決められるよ」

「なんでわかるんだ」

「どうせ、壊れてるほうを選ぶ。弱いほうを選ぶ。そういう男だよ」

たしかに俺のなかにはそういった傾向がある。

その傾向に従った場合、誰を選ぶかは自分でもわかっていた。そしてそれでいいと思った。

俺は酒井《さかい》と別れると、待ち合わせ場所の上野公園に向かった。

どちらを選ぶにせよ、橘《たちばな》さんを夜行列車に乗せるわけにはいかなかった。

橘《たちばな》さんもわかっているはずだ。二十三時三十分発の列車は楽園行きじゃない。

俺は山手線《やまのてせん》に乗って上野に向かう。夜のビル群、飲み屋の灯《あか》り。意味もなくスマホをみれば桜が開花したというニュース。暖かい日がつづいたから。二月のこの日の開花は十数年ぶり。

夜桜の画像があげられているタイムラインをスクロールしているうちに駅に到着。

急いで改札を抜けたところで、立ちくらみがした。それはいつもより長くて、気づけば地面に倒れていた。こめかみのあたりが痛い。立ちあがろうとして、またすぐに転んでしまう。上下の感覚がなくて、体を起こそうとしているのになぜか顔を床に押しつけてしまう。

わけがわからない。

周囲の喧騒《けんそう》が、ひどく遠くきこえる。

誰かが、救急車、救急車、といっている。

そうじゃない。俺がいかなきゃいけない場所は病院じゃなくて橘《たちばな》さんが待つ場所だ。彼女はひとりでずっと待っている。

でも俺の体は動かなくなって、視界がまだらになって、どんどん暗くなっていく。

最後に脳裏に浮かんだのは、桜舞い散るなか、ひとりたたずむ橘《たちばな》さんだった。

◇

目が覚めると、ベッドに寝かされていた。

白い天井、白いカーテン、白い布団《ふとん》、すぐに病院だとわかった。早坂《はやさか》さんがベッドわきに置かれた椅子に座りながら、俺の膝に頭を乗せて眠っている。

俺が身じろぎすると、早坂《はやさか》さんが顔をあげる。泣きはらした顔。

「よかった！」

俺が起きたのをみて、手を握ってくる。

「心配したんだよ」

「早坂《はやさか》さん、涎垂《よだれ》れてるぞ」

「お医者さん呼んでくるね。あとお母さんと妹さんもきてるよ」

「俺の袖で涎《よだれ》ふくんだよなあ」

「えへへ」

俺に起きたことはそこまで深刻ではないらしい。母と妹も病室にいるのに飽きたらしく、コンビニにいっているという。

原因は東京駅で頭を打ったことだった。

「頭の骨の内側の圧力？　とか、先生がいってた。えっと……それで……うんと……」

「あんま覚えてないんだな」

「と、とにかく、点滴を打ったから大丈夫なんだって！」

みれば俺の腕にチューブがつながっていた。

「私、怒ってるんだからね」

早坂《はやさか》さんがいう。

「なんで通院してること黙ってたの？」

「いや、心配かけたくなかったっていうか……」

そんなやりとりをしているうちに、俺は血の気が引いていく。

「今、何時？」

「え？」

「時間」

病室の壁に時計がかかっている。

深夜三時だった。

俺が落ちるようにベッドからでようとしたところで――。

「いっちゃダメ！」

早坂《はやさか》さんが金切り声をあげ、俺に抱きついて止める。

「橘《たちばな》さんといたら、桐島《きりしま》くん、いつか壊れちゃう」

自分をもっと大事にして。

そういって、早坂《はやさか》さんは強くしがみついて動かなかった。

俺はベッドわきのテーブルにスマホが置かれていることに気づく。手に取ってみれば、橘《たちばな》さんから何件も着信があった。けれど、深夜一時を最後に途切れていた。

力を抜いてまたベッドに倒れ込む。もう、終わってしまったのだと思った。

旅行鞄《りょこうかばん》を手に持ち、背を向ける橘《たちばな》さんの姿が浮かんだ。

朝、スマホにメッセージが届いていた。

『さよなら』

第36・5話　早坂《はやさか》あかね（黒）

桐島《きりしま》が目を覚ます二時間前。

早坂《はやさか》あかねは病室からでて、誰もいない非常階段にいた。

桐島《きりしま》が倒れたのを知ったのは、酒井《さかい》からの連絡だった。街で偶然会った酒井《さかい》が、桐島《きりしま》の歩き方がおかしくて、心配して後をついていったのだ。

運ばれた病院をきいて駆けつけ、目を閉じる桐島《きりしま》の膝にくっついて、わんわん泣いた。

ひとしきり泣いたあと、ハンガーにかけられた桐島《きりしま》のコートのポケット、そのなかにあるスマホが震えていることに気づいた。

手に取ってみれば、橘《たちばな》ひかりからの着信だった。放っておくと、そのうち切れた。みれば、着信が何件もたまっている。

なんとなく、なにが起きているのかわかった。

「橘《たちばな》さんのせいだ」

あかねの瞳から光が消えていく。

「橘《たちばな》さんが桐島《きりしま》くんをめちゃくちゃにしてるんだ。おかしくさせてるんだ。橘《たちばな》さん、もうダメだよ。桐島《きりしま》くん、倒れちゃったじゃん。橘《たちばな》さんのせいで、倒れちゃったじゃん」

私が守らなきゃ、とあかねはつぶやいて病室をでた。

そして、非常階段にいるのだった。

手に持った自分のスマホには、橘《たちばな》ひかりの電話番号が表示されている。

あかねは虚《うつ》ろな瞳のまま、発信を押した。数コールのあとに、ひかりが冷たい声で、「なに？」とでる。深夜一時だが、電話越しに、風の音がきこえた。

「橘《たちばな》さん、外にいるの？」

「早坂《はやさか》さんには関係ない」

「桐島《きりしま》くん、今、シャワー浴びてるよ」

「…………」

「私の体に夢中だったよ。やわらかくて抱き心地がいいんだって」

「…………」

「途中からつけなかったよ。強引に入れられちゃった。できてもいい、好きだからっていわれて、その気持ちいっぱいぶつけられてさ。それで、奥にいっぱいだされちゃった。橘《たちばな》さんにはしてない、っていってた」

「…………」

「シャワーからでてきたら桐島《きりしま》くんに代わろうか？」

電話口から、ひかりの洟《はな》をすする音がきこえてきて、やがてむせび泣きに変わる。

「……橘《たちばな》さん、わかってるよね？　桐島《きりしま》くんに選ばれなかったほうがどうするか、覚えてるよね？　約束したよね？」

そこで通話は途切れた。ひかりが切ったようだ。

あかねはしばらく光のない瞳で虚空《こくう》をみつめていた。

手からスマホが滑り落ち、床に落ちる。

両手で顔を覆い、つぶやく。

「桐島《きりしま》くんのためだもん……こうしないと桐島《きりしま》くんが、桐島《きりしま》くんが……」

第37話　かわいそうな女の子

「排除アートって知ってるか？」

「こういうときの桐島《きりしま》ってめんどくさいんだよなあ」

「例えば公園に路上生活者やスケボーで遊ぶ若者がいるとするだろ」

昼休み、牧《まき》と生徒会室で話をしていた。

橘《たちばな》さんとの待ち合わせにいけなかった日から、数週間が経過していた。

「そういうときにベンチをアーティスティックなデザインにしたり、広場に彫刻なんかのオブジェを置くんだ。現代アートで美観を整えたようにみえるだろ？」

でもそれでなにが起きるかというと、奇抜なデザインのベンチじゃ寝れないし、オブジェだらけの場所じゃスケボーもできず、彼らは追いだされていくことになる。

「市や区の記録には『アートの設置』としてしか残らない。住民たちも、自分たちが誰かを追いだしたという事実を認識することなく、美しいものだけをみつづけられる」

「ひねくれてんなあ、って一言で済ませられない、現代社会のマジな問題ぶつけてくんのやめてくんない？」

「別に俺はそのことについていいとかわるいとかいいたいわけじゃない。それは、そのようにあるだけだから」

むしろ汚いものをみたくない、美しいものだけをみていたいという気持はよくわかる。とても人間的だ。

「でも、そのことについて自覚的であるべきなんだ」

「恋愛についても」

「そう。なんでも美しい物語に仕上げることに嘘《うそ》くささを感じるんだ」

性欲、嫉妬、独占欲、妥協。

恋愛にあるそういった側面を無視して、さもいつでも純愛しているような顔をして、酔って、浸って、他人の不道徳な恋をみつけてここぞとばかりに批判することを、おかしいと思った。

だから俺は恋愛というものを真剣に考えて、自分なりに誠実にアプローチした。

「でも結局、俺も同じだったんだ。表面的なきれいさを求めて、自分がわるくなりたくなかった」

早坂《はやさか》さんと橘《たちばな》さんが仲良くしていると安心した。俺のせいで誰かと誰かが傷つけあう、そんな状況が生まれていないと思えたから。

ふたりがメイド姿でキスしている光景を美しいし思った。なぜならそこには男の性欲という汚いものが消失していたから。きれいなものだけをトリミングした、尊いというポルノ。

「そして今、普通の状況に落ち着いて、俺はほっしてしまってるんだ」

橘《たちばな》さんは夜行列車に乗って、ひとりで消えたりしなかった。

数日学校を休んでから、登校してきた。とても冷静な横顔だった。

『橘《たちばな》ひかりは俺を選んだ』

柳《やなぎ》先輩からそんなメッセージが届いた。

その事実を告げられる必要はなかった。なぜなら三年生の登校日に、手をつないで歩く柳《やなぎ》先輩と橘《たちばな》さんをみかけたからだ。橘《たちばな》さんはもう吐いたりしなかった。

橘《たちばな》さんのところにいけなかったことで、初恋の魔法は解けてしまったのだ。

人は妥協しながら恋をする。橘《たちばな》さんだって例外じゃない。

部室にいたとき、となりの旧音楽室から柳《やなぎ》先輩と橘《たちばな》さんの声がきこえてきた。柳《やなぎ》先輩が橘《たちばな》さんのピアノを聴きたいといったらしかった。

ピアノを弾き終わったあと、しっとりとした空気が壁越しに伝わってきた。

「おい、桐島《きりしま》まさか……」

「ああ。壁に耳をつけた。ふたりが俺を罰してると思ったんだ」

「歪《ゆが》みハンパねえな!」

小一時間、橘《たちばな》さんと柳《やなぎ》先輩の会話をきいた。

『なあ、ひかり、また手にぎっていいか?』

『……いいよ』

『肩、さわっていいか』

『……………いいよ』

俺が橘《たちばな》さんを選んでいれば、橘《たちばな》さんは俺にしかさわれない女の子のままだったのだ。そう思いながら、壁越しに、先輩が橘《たちばな》さんの髪を撫《な》でる空気を感じつづけた。

「桐島《きりしま》、お前よく正気を保ってるな」

「想定できることだから」

別れた相手や好意にこたえなかった相手がどうなるかといえば、多くの人が新しい恋に進んでゆく。いつまでも自分がその心のなかにいれるわけじゃない。

「それに、俺が望んだことなんだ。これはソフトランディングなんだ」

橘《たちばな》さんはひどく傷ついたし、悔しかっただろう。なぜなら彼女は普通の日常よりも、もっと瞬間的な感情を大切にしたかったはずだから。

でも、これでいいと思った。

ちゃんと日常生活を送り、新しい恋をする。それは前向きな結果だった。

早坂《はやさか》さんか橘《たちばな》さん、どちらかが完全に破壊されてしまうような、そんな悲劇的な結末に比べれば全然よかった。

「俺は大人になるよ。ちゃんとみんなと同じ恋愛観で生きていく」

そういって、俺は牧《まき》に部室の鍵を手渡す。

「いいんだな」

「ああ」

こうして、ミステリー研究部は廃部になった。

◇

とてもスムーズに日々は過ぎていった。

牧《まき》や酒井《さかい》とくだらない会話をして、浜波《はまなみ》につっこまれる。

恋人の早坂《はやさか》さんは超健全だった。手をつないだりくっついたりするだけで大満足みたいで、いつもにこにこしていた。

「私、桐島《きりしま》くんのこと幸せにするからね」

早坂《はやさか》さんはいった。

予備校帰り、バッティングセンターに立ち寄ったときのことだ。早坂《はやさか》さんは一番遅い球がでるボックスに入って、バットを振っていた。

「俺、今でもじゅうぶん幸せだよ」

「ううん、私、もっといい彼女になる。桐島《きりしま》くんに、私と付き合ってよかったって思ってもらえるように、がんばるの」

「それより早坂《はやさか》さん、なんだか慣れてない？」

へっぴりごしの内またただけど、しっかりバットにボールを当てている。

「うん、ストレスたまるたびによくきてたから」

「あ、そう……」

「だ、大丈夫だよ！　桐島《きりしま》くんの顔想像しながらバット振ったりしてないから！」

スキー学習も青春の一ページとしてとてもきれいな感じで終わった。

早坂《はやさか》さんと俺はスノーボードを選んで、一緒に滑った。早坂《はやさか》さんはすぐにこけて、「起こして～」と、じたばたしていた。

橘《たちばな》さんは女子のグループにいて、楽しそうにスキーをしていた。彼女はもう、孤独な女の子じゃなかった。

橘《たちばな》さんをみるたびに、桜の下で哀《かな》しい顔で待ちつづける姿が目に浮かんでしまう。でもそれは俺の願望で、もう過ぎてしまったもので、誰にでもある初恋の残像だった。

もう、とらわれる必要はなかった。

二番目に好きな相手と付き合えることだってかなりの幸運だし、なにより早坂《はやさか》さんは最高にかわいい彼女だった。

もちろん、嵐の爪痕は残っている。

一度、早坂《はやさか》さんとそういうことをしようとしたときだった。その日は早坂家《はやさかけ》にお呼ばれして、泊まっていくことになって、例のごとく夜中に早坂《はやさか》さんが布団《ふとん》に入ってきた。

もう俺たちがしない理由はなかった。

早坂《はやさか》さんのやわらかい体をさわったり、抱きしめたりした。俺は女の人の体を美味《おい》しいと表現することは品がないように思えて、好きじゃない。でも、早坂《はやさか》さんの体はそういう体だった。とにかくやわらかくて、濡《ぬ》れやすくて、肌が吸いついてくるようで、煽情的《せんじょうてき》だった。

興奮のままに、いざしようというときだった。

「ごめんね、桐島《きりしま》くん、ごめんね」

早坂《はやさか》さんは俺にしがみついて謝りはじめた。なにについて謝っているのか、俺にはわからなかった。

「お願いだからどこにもいかないで」

俺の背中に腕をまわして、足をかけて、力いっぱい抱きついてきた。

怯《おび》えるように震えていた。

その晩、俺はずっと早坂《はやさか》さんの背中をさすり、頭をなでつづけた。

こういった問題はあるが、それも時間が解決してくれると思った。

移ろう季節が、全てを思い出に変えてくれる。

三年生の卒業式、俺は卒業生の旅立ちを心から祝って在校生合唱をした。牧《まき》が送辞を読みあげ、校長先生が卒業証書を授与した。

卒業式が終わったあと、俺は生徒会の牧《まき》を手伝って、後片付けをしていた。垂れ幕をとり、長椅子を運ぶ。

卒業生たちは名残惜しそうに、学校のあちこちで写真を撮ったりしていた。なかには泣いている人もいた。

校門に置いていた看板を倉庫に持っていこうとしていたとき、校舎裏で柳《やなぎ》先輩が橘《たちばな》さんを抱きしめているところをみかけた。

ふたりは完全に恋人だった。

橘《たちばな》さんの横顔は、もう俺の知らない女の子だった。

「ひかり、ちょっと待っててくれ。カバンとってくる」

「わかった」

柳《やなぎ》先輩が俺のいるほうとは反対側に去っていく。

その背中を見送ったあと、橘《たちばな》さんがこちらを向く。

一瞬目が合って、でもそれだけで、互いに別の道に歩きだす。そうなるはずだったし、そうするべきだった。でも――。

「桐島《きりしま》、えらいじゃないか。後片付け手伝って」

学年主任の先生だった。

「もう大丈夫なのか？　上野駅で倒れたってきいたときは心配したぞ」

先生は俺の肩を叩《たた》くと去っていった。

俺は振り返るのがこわかった。あの日、俺が待ち合わせに向かっていたことを知って、橘《たちばな》さんはどんな気持ちになるだろうか。でも、まちがいなく俺はそこにいけなかったし、もう過ぎてしまったことだった。

橘《たちばな》さんは、茫然《ぼうぜん》とした表情でこちらをみていた。

でも俺をみているうちに、だんだんと眉間にしわを寄せて険しい顔になる。と思ったら急に戸惑った顔になって親指の爪を噛《か》みはじめる。かなり混乱しているようだった。

そのときだった。

「桐島《きりしま》く〜ん、帰ろ〜」

俺を探していた早坂《はやさか》さんが無邪気な声をだしながらやってくる。

瞬間、橘《たちばな》さんの表情がおそろしく冷たいものになった。

早坂《はやさか》さんを刺すような目つきで睨《にら》みながらいう。

「許さないから。一生許さないから」

◇

一本の細い糸がひっぱられて、今にもねじれ切れそうな、そんな緊張感だった。

橘《たちばな》さんの恨めしい顔。

早坂《はやさか》さんはそれにたじろいだりしなかった。むしろ同じくらい鋭角な感情を発散していた。

「あ〜あ、もうわかっちゃったんだ」

無邪気なテンションが消えて、どんどん瞳が虚《うつ》ろになっていく。

「桐島《きりしま》くんにはいわなくていいから」

「なにそれ」

「私たちの問題でしょ？」

「むかつく」

橘《たちばな》さんの表情の温度がさらに下がる。

「人を騙《だま》して、意地汚いことしてさ」

「先に汚いことしたの橘《たちばな》さんじゃん。抜け駆けしし、別れるって約束破って、ずっと彼女ヅラしてさ。私はちゃんと我慢してたのに！」

早坂《はやさか》さんは声を荒らげたあと、すぐに冷静になっていう。

「もう、いいじゃん。このままで。橘《たちばな》さん、柳《やなぎ》くんといい感じでしょ？」

「誰のせいでこうなったと思ってるの」

橘《たちばな》さんが激昂《げきこう》し、暗い顔で早坂《はやさか》さんに歩みよっていく。彼女は手がでてしまうタイプだから、俺はあいだに割って入る。

「なんでそんな女かばうの⁉」

橘《たちばな》さんは悔しそうな顔になっていう。

「ひどいよ司郎《しろう》くん。上野駅のことだって、ちゃんと話してくれたらこんなことにならなかったのに……なんで黙ってたの⁉」

実際のところ、橘《たちばな》さんは俺の連絡先を全部ブロックしていたし、学校でみかけたときにはすでに柳《やなぎ》先輩と手をつないでいた。もちろん、そこから説明することも考えた。

でもそれは人間関係をこじれた地点に巻き戻すことに他ならないし、決着をつけるためにももう一度誰かを傷つける選択をすることになる。

だから俺はゆきちがいをそのままにして、橘《たちばな》さんが柳《やなぎ》先輩を選んだのをいいことに、ソフトランディングを選んだのだ。これで俺たちは普通の恋愛をするようになって、今までのことは十七歳の激情の思い出にするつもりだった。でも——。

「ちがうよ」

橘《たちばな》さんはいう。

「私が柳《やなぎ》くんの本物の恋人になったの、早坂《はやさか》さんと約束してたからだよ。選ばれなかったほうは、ちゃんと柳《やなぎ》くんの恋人になるって」

「そんな約束してたのか？」

たしかに早坂《はやさか》さんはかつて先輩を一番好きだったし、橘《たちばな》さんも年末には二番目に好きな人として浮上していた。でもふたりがその約束をした理由はそれらとは別だった。

早坂《はやさか》さんが背後から俺の顔をのぞき込んでいう。

「だって、ふった女の子が傷ついて不幸になったら、桐島《きりしま》くんそっちの女の子ほっとかないでしょ？　かわいそうな女の子がいたら、そっちいっちゃうでしょ？」

そんな約束をできる彼女たちの心理はシンプルだ。

もし選ばれなかったときは、もうどうでもいい。

本当にこの瞬間の恋に、全ての感情を乗せていく。

「早坂《はやさか》さんはさ、それ、利用したんだよ。悪い女の子なんだよ。そんな女、司郎《しろう》くんにふさわしくないよ」

「橘《たちばな》さんこそふさわしくないよ！」

早坂《はやさか》さんが反撃する。

「すぐに手だす女の子のほうこそよくないよ！　いつか桐島《きりしま》くんを破滅させるもん！　桐島《きりしま》くんと駆け落ちしようとしてたんでしょ？　そんなの、めちゃくちゃだよ！」

ふたりはそれからも身を切り合うような言い合いをつづけた。

どんどん感情のギアをあげて、言葉もどんどん強くなっていく。そして――。

「早坂《はやさか》さん、ただの二番目じゃん」

よ！」

橘《たちばな》さんはいった。

「私と司郎《しろう》くんは一番に好き同士だし、初恋だし、初めて同士なんだからさっさと消えて

「それは……」

早坂《はやさか》さんはひるんでしまう。

「電話でいってたこと、全部嘘《うそ》だったんでしょ？　まだ、してないんでしょ？　そんなの彼女でもなんでもないよ。かわいそうだね、ずっとしようとしてたのにね」

「ちがうもん……桐島《きりしま》くんは私を大切にして……」

早坂《はやさか》さんは完全にトーンダウンして、また自分でつくりだした理屈にすがってしまう。

「橘《たちばな》さんは使われただけだもん……もうあきらめてよ……柳《やなぎ》くんにも一番好かれてさあ。柳《やなぎ》くんでいいじゃん……どうせもう、柳《やなぎ》くんともしたんでしょ……柳《やなぎ》くんにも使われたんでしょ

……だったら桐島《きりしま》くんは私にちょうだいよ……」

泣きそうな顔で、早坂《はやさか》さんはもうぐらぐらだ。

二番目であることの引け目は、彼女が一番よく感じている。最近はそのことをあえて無視しているようなところがあったけど、心の奥底ではわかっている。なぜなら俺たちの関係はそこが原点だからだ。

打ちのめされる早坂《はやさか》さん。

でも橘《たちばな》さんは完全にキレている。

「いいよ、そんなにいうなら、早坂《はやさか》さんがまちがってるって証明してあげるよ」

橘《たちばな》さんがブラウスのボタンに手をかけていう。

「私と司郎《しろう》くんが愛し合ってるところ、みせてあげる」

◇

すごい状況が完成していた。

屋外にある体育倉庫、マットの上。

ボタンの全てあいたブラウスと、下着だけの姿になった橘《たちばな》さんが、俺の体の下で恥ずかしそうに身をよじっている。

そして少し離れたところ、同じく下着とブラウスだけになった早坂《はやさか》さんが、ぺたんと膝から下を左右にひらいて座っていた。

「みせてあげるよ」

「いいよ、みせてみてよ」

売り言葉に買い言葉で、体育倉庫になだれ込んだ。でも、そんなことといわれて、じゃあやりましょうとなれるはずもない。でも、俺がたじろいでいると、ふたりは突然抱きあった。

「私たちがケンカしてると、司郎《しろう》くん、なにもできなくなるよ。弱いから」

「そうだね。桐島《きりしま》くんはクズだから、わるいことしてないようにみせてあげないといけないんだよね」

ふたりで脱がせ合い、ブラウスと下着だけになったところで、膝立ちになって、キスをしながら互いの胸と、そこをさわり合う。

体育倉庫のなかの湿度があがっていく。

十五分ほどふたりは互いをさわり合い、小さく喘《あえ》ぎつづけた。白い肌が赤みがかっていき、汗が浮いて、口と口のあいだで唾液が糸をひいた。

小窓から差し込む光が、埃《ほこり》をきらきらと輝かせていた。

ひどく美しくて、頽廃的《たいはいてき》な世界ができあがっていた。そこから橘《たちばな》さんが俺を抱えて倒れ込み、早坂《はやさか》さんがぺたんと座り込んで、この状況が完成したのだ。

「早くしようよ」

橘《たちばな》さんがいう。彼女の考えは簡単だ。それをみせることで、早坂《はやさか》さんの心を折ってしまうつもりなのだ。

「みせてよ」

そういう早坂《はやさか》さんは多分、なにも考えてない。状況に流されているだけで、みればただ傷つ

くだけだ。

言い訳のしようもないくらい、最高のハードランディングの舞台だった。もしここで俺が橘《たちばな》さんとすれば早坂《はやさか》さんはこれまでにないくらい傷つくだろうし、橘《たちばな》さんを拒否して早坂《はやさか》さんを抱けば、橘《たちばな》さんはもう戻ってこないだろう。

「しなくていいの？」

橘《たちばな》さんがいう。

「ここで司郎《しろう》くんがしてくれなかったら、私、ホントに誰かのものになっちゃうよ」

気づいたときには、俺は橘《たちばな》さんに覆いかぶさってキスをしていた。橘《たちばな》さんのテンションがいっきにあがる。

「ねえ司郎《しろう》くん、ホントのことをいってよ。私が柳《やなぎ》くんとどうにかなったらイヤ？」

「イヤだ」

「気づいてたよ。だって司郎《しろう》くん、私が柳《やなぎ》くんに抱きしめられてるとき、すごい目してたから。嫉妬されて、私、快感だった」

それみせてよ、さらけだしてよ、と橘《たちばな》さんはいう。

「さっき抱きしめられてたとき――」

「すごく強い力だった。柳《やなぎ》くんは知ってるから。私が消去法で選んだだけだって。だから自分の物にしようとして、すごく求めてくる」

「どこまでさわられた」

「あちこち」

「ここも？」

「あっ……そういうところは……まだ……でも、このままだとさわられる」

俺は橘《たちばな》さんの体を思い切り抱きしめていた。この華奢《きやしゃ》な体が好きだ。俺がさわると、橘《たちばな》さんは吐息を漏らし、かわいく震えて、その喜びを体で表現してくれる。俺はもっと震えてほしくて、下着のなかに手を入れて指を動かす。橘《たちばな》さんの腰が浮いて、白いお腹《なか》から太ももまでがなまめかしい。

「ん……あっ……春休み一緒に旅行いくことになってる」

そこには当然こういう行為が含まれているのだろう。

「司郎《しろう》くんとしたことっ……んっ……全部教えてほしいって……いわれた」

水音が立って、橘《たちばな》さんのなめらかな体が色気づいていく。指先が熱い。中指を少しだけ入れてみると、甲高い声をあげて鳴き、しなをつくるようにすがりついてくる。

橘《たちばな》さんは俺としたことを柳《やなぎ》先輩に全部話したらしい。

「同じこと、ううん、それ以上のことするつもりなんだと思う。このままだと私、柳《やなぎ》くんのワンコにされて、いっぱいいされちゃうよ」

俺は橘《たちばな》さんが柳《やなぎ》先輩に首輪をつけられて叩《たた》かれている光景を想像する。それをしていいのは俺だけだ。

「旅行、もういかなくていいよね？　司郎《しろう》くんのワンコでいていいよね？」

こたえる代わりに俺は橘《たちばな》さんを抱きしめた。ずっとこうしたかった。力を入れすぎて痛かったはずだが、橘《たちばな》さんは「もっと」とおねだりした。

早坂《はやさか》さんはぼうっとした目で俺たちを眺めつづけていた。

俺は面白いように反応する橘《たちばな》さんの体を弄んだ。弓なりに反らしたり、腰を浮かしたり、濡《ぬ》れて下着の色が変わったり、その全てが好きだった。

「司郎《しろう》くん……」

橘《たちばな》さんはマットにころんと転がったまま、内ももをもぞもぞと動かしながら、消え入りそうな声でいう。

「もっとかわいがってよ……」

もう我慢できない、という顔をしている。

「柳《やなぎ》くんにさわられたのが気に入らないなら……お仕置きでもいいよ」

恥ずかしそうに、膝を抱えて小さくなる橘《たちばな》さん。

でも俺がなにもしないでいると――。

「司郎《しろう》くんのいじわる……」

そういって、自分からその白くすらっとした足をひらいた。そして濡《ぬ》れた下着を指で横にずらす。薄いピンクのそれが、のぞく。

普段はクールで、でも恋愛キッズな女の子が、体を火照《ほて》らせ、恥ずかしそうにしながらも、自分から足をひらいておねだりしている。

俺はベルトのバックルに手をかけた。

結局のところ、したり顔で新しい恋をみつけて幸せになってほしいといってみたところで、心の奥底ではずっと好きでいてほしいし、誰にも渡したくなんてなかった。

つまり、橘《たちばな》さんを柳《やなぎ》先輩に渡すなんて絶対にイヤだった。

本当はもっと橘《たちばな》さんとやりまくりたかった。愛し合って、どろどろに溶け合いたかった。あの気持ちいい京都の夜を繰り返して、またお風呂場《ふろば》でお漏らしさせて泣かして、頭をなでて慰めて一緒に眠って、もっともっと先に進みたかった。

でも同じくらい早坂《はやさか》さんに魅力を感じていて、だからどちらか選ぶとかそういうことから逃げまくって、ぐだぐだになった。

俺はただの愛に飢えたアホだった。ふたりの愛に浸《つ》かっていたくて、だから本当はどっちも手放したくなくて、そしてふたりをスポイルするくらいゲロゲロに甘やかして愛を注いでその泥のような心地よさのなかにいたかった。

俺は自分のそれを、橘《たちばな》さんに押しあてる。準備なんてしてないから、そのままだ。先端がふれて、橘《たちばな》さんが期待に満ちた濡《ぬ》れた眼差《まなざ》しを送ってくる。

「だ、ダメだよ……桐島《きりしま》くん……やっぱり、ダメ……」

みれば、早坂《はやさか》さんが泣きそうな顔になっていた。

「お願い、やめて……」

ごめんね、早坂《はやさか》さん。

俺はもう決めていた。

橘《たちばな》さんとめちゃくちゃにやって、早坂《はやさか》さんをバカみたいに傷つける。

そうするしかないとかじゃない。そう、望んでいる。

俺はそれを橘《たちばな》さんのなかに沈めていく。狭くて、押し返してくるような圧力がある。でもマットに雫《しずく》が垂れて染《し》みができるくらいに濡《ぬ》れているから、押し込んでいけば、入っていく。

橘《たちばな》さんのなかは熱かった。

本当に、愛されていると思った。強く締め付けられて、彼女の喜びが伝わってくる。

「すごい……司郎《しろう》くんを直接感じる……」

橘《たちばな》さんはお腹《なか》の下をさわりながら恍惚《こうこつ》としていた。

「こっちきて……」

俺が覆いかぶさると、橘《たちばな》さんは俺の頭と背中に手をまわして、足を後ろで交差させる。

「動けないんだけど」

「好きだよ、司郎《しろう》くん、あっ……司郎《しろう》くん」

俺が動く必要はなかった。

橘《たちばな》さんが本能のままに下から腰を押しつけ、左右に動かしながら喘《あえ》ぎはじめたからだ。俺はただ橘《たちばな》さんの髪を撫《な》でていればよかった。

でも俺は橘《たちばな》さんをもっと乱れさせたかった。もっといじめたかった。だから、体を起こして橘《たちばな》さんの太ももを押さえつけて、自分で動く。

快感だった。出し入れするたびに、水音が立って、橘《たちばな》さんが甘く鳴く。

橘《たちばな》さんの体は細い。そんな橘《たちばな》さんを押し広げて、奥まで入っている。まるで橘《たちばな》さんを貫いているみたいだった。そして貫くたびに、橘《たちばな》さんが甘く鳴くのだ。

一定のリズムで刻まれる喘《あえ》ぎ声《ごえ》と水音。

俺は橘《たちばな》さんにそこをみるよう促す。

「や、やだっ！」

橘《たちばな》さんは真っ赤になって両手で顔を覆う。

俺のそこは橘《たちばな》さんの液でびしょびしょになっていて、動いてかき回していたものだからそれが白く泡立っていた。

それを隠そうとしたのだろう、自ら腰を浮かせてなかに導き入れる。その瞬間だった。

「あっ、やっ！」

いいところに当たったのかもしれない。橘《たちばな》さんの腰が小刻みに動きはじめる。

「ちがうの、これ、勝手に、やだ、司郎《しろう》くん、みないで」

橘《たちばな》さんは自ら腰を振りつづける。恥ずかしい恥ずかしい、と連呼する。でもやっぱり腰は止まらなくて、やがて体を大きく反らし、悲鳴のような喘《あえ》ぎ声《ごえ》をあげながら腰を強く押しつけ、やがて脱力した。

もう橘《たちばな》さんに理性はなかった。だから、息も絶え絶えになりながら、いつも心の奥底に秘めていた願望を口にする。

「犬みたいな格好で……いじめてほしい……」

俺は排除アートじゃない。

本当は存在するものを追いだして、みないようにして、きれいな人工の物語をつくって、それを美しいといって無自覚に酔って浸ったりしない。

俺たちには欲や願望があって、それを無視したりしない。なかったことにしない。

だから俺は橘《たちばな》さんを四《よ》つん這《ば》いにさせて、後ろからする。

反った背中がなまめかしい。

「わん……わんっ……」

橘《たちばな》さんが口のなかで小さく鳴きはじめる。

「犬になりたいのか？」

俺がいうと、「だって」と橘《たちばな》さんはいう。

「司郎《しろう》くんにかわいがられたいし、飼われたいし、ペットになりたいし」

でも、わるいワンコだったよ、と橘《たちばな》さんは挑発的にいう。

「屋内プール、司郎《しろう》くんが考えてたこと知ってたよ」

橘《たちばな》さんは平泳ぎの練習で、柳《やなぎ》先輩に足をつかまれて、広げられていた。あの小さな水着で、柳《やなぎ》先輩にそんな格好をみせていた。

「お仕置き……していいよ……」

俺は橘《たちばな》さんに突き入れながら、叩《たた》く。

「わんっ」

ひかり犬は甘く鳴く。俺はもう一度叩《たた》く。

「わんっ！」

ひかり犬のそこから雫《しずく》がぽたぽたと落ちて、またマットを濡《ぬ》らす。

そうやっているうちに――。

「あっ、司郎《しろう》くん、ちょっと待って、これ、なんか、ダメ……」

橘《たちばな》さんの腰がまた震えだす。

俺は後ろからつづける。橘《たちばな》さんのダメはもっとしてと同じだ。

「ダメだよ、ホントに、これ以上は私、しんじゃうよ……」

そのときだった。

体育倉庫の外から声がした。

「ひかり～、どこだ～？　ひかり～」

柳《やなぎ》先輩が戻ってきたのだ。彼はまだ橘《たちばな》さんが自分の彼女になったと信じている。

橘《たちばな》さんが咄嗟《とっさ》に声を抑えたのがわかった。

だから俺は橘《たちばな》さんを彼女が望むとおり、もっと乱暴にする。

「あっ……ダメだよ……そんなの……これ、すごい……すごいの、きそう……」

橘《たちばな》さんは声を殺そうとしていたが、俺が後ろから腕をつかんで彼女の背中を反らしながらすると、快感が上回ったのか、甲高い声をあげて鳴きはじめた。

柳《やなぎ》先輩の橘《たちばな》さんを呼ぶ声が途切れた。彼が絶句したのがわかった。

橘《たちばな》さんはもうなにがなんだかわかっていない様子だった。

そして――。

「司郎《しろう》くん、好き、司郎《しろう》くん、司郎《しろう》くんっ！」

大声で俺の名前を連呼し、絶叫しながら喘《あえ》ぎ、そしてひきつけを起こしたように体を何度も震わせたあと、マットに倒れ込んだ。

俺と橘《たちばな》さんの息づかい。

柳《やなぎ》先輩の声はもうきこえない。

橘《たちばな》さんは気をやったような状態になりながらいう。

「……私、司郎《しろう》くんだけの女の子になったよ」

だから。

「最後は抱きあって……キスしながらしようよ……」

そういうときの橘《たちばな》さんは、純情な少女そのものだった。

今度は俺が橘《たちばな》さんの足を開いた。橘《たちばな》さんは完全にできあがっていて、入れただけで白魚のような体をびくびくと震わせた。

俺をみる熱っぽい目と、半開きになった口、そこから垂れる唾液は俺と橘《たちばな》さんのものが混じり合っている。

橘《たちばな》さんと全てをしようと思った。最後まで、やってはいけないことまで。

「もうやめてよぉ」

早坂《はやさか》さんが横から膝立ちになって抱きついてくる。

さっきから、早坂《はやさか》さんは泣いている。涙を流しているんじゃない。嗚咽《おえつ》して、洟《はな》を垂らして子供みたいに顔をくしゃくしゃにして泣いている。

「もういいよぉ、ひどいよぉ、なんでそんなことするの、ひどいよぉ」

それ以上はダメだよぉ、という。

「そろそろやめるんだよね？　そういうやつだよね？　いつもの最後はやさしくしてくれるやつだよね？」

俺は早坂《はやさか》さんにキスをする。

「うあぁ……やっぱりそうだぁ……」

ピンク色の下着、背中のホックを外して胸をさわり、もう片方の手でそこをさわる。

「私またバカになっちゃうよぉ、えへへ、好きだよぉ」

早坂《はやさか》さんは一瞬でとろとろになって、漏らしたみたいにそこから溢《あふ》れさせて内ももを濡《ぬ》らす。

「私としよぉ、絶対桐島《きりしま》くんのこと気持ちよくさせられるよ」

早坂《はやさか》さんは俺の舌を吸って、口のなかに導く。涎《よだれ》をぼたぼたと垂らしながら、俺の舌をしゃぶる。

しよぉ、しよぉ、という早坂《はやさか》さん。

「や、やだ。私だけ、私だけにして」

今度は橘《たちばな》さんが泣きそうな顔で腰を押しつけてくる。

最高だった。

一番好きな美しい女の子を犯しながら、二番目に好きなかわいい女の子とキスをする。

これが俺の、桐島《きりしま》司郎《しろう》の悪徳だ。

そしてその悪徳に従って、俺は選ぶ。

「え？　なんで？　なんで？」

早坂《はやさか》さんが戸惑いの声をあげる。俺が早坂《はやさか》さん自身の手を早坂《はやさか》さんの胸とそこに持っていき、体を離したからだ。

「こ、こんなのやだよ、桐島《きりしま》くん、嘘《うそ》だよね、やだ、やだよぉ、やだぁ！」

俺が橘《たちばな》さんに向きなおったところで、早坂《はやさか》さんはこれ以上ないくらいの声で泣きはじめた。

なんてかわいそうな子なんだろう。

くっつくのが好きで、ずっとしたがっていたのに、今も下着姿になっているのに、みじめにも泣きながら大好きな人が他の女の子としているところをみている。

そして、自分はもうすることはないのだ。

誰かを傷つけることでしか終わらなくて、そして俺は早坂《はやさか》さんを傷つけることを選んだ。

早坂《はやさか》さんの泣き声をききながら、俺は橘《たちばな》さんに深く突き入れる。

橘《たちばな》さんはその意味を理解して、全身で喜びを表現した。

「なにしてもいいよ、私なにされても嬉《うれ》しいから、全部して、最後までして」

そこからの橘《たちばな》さんはすごかった。俺の涎《よだれ》を欲しがり、俺の首すじの汗を舐《な》め、短い間隔で何度もトび、好き、頭おかしくなりそう、愛してる、もっと、もっと、と口走った。

「司郎《しろう》くん、もうダメ、ホントにダメ」

橘《たちばな》さんはあまりの快感に耐えられないのか、俺の肌に爪を立てはじめる。それが気持ちいい。

「一緒、一緒がいい、お願い」

橘《たちばな》さんの体が跳ね、強く締めつけられる。

そして俺は、橘《たちばな》さんのなかにだした。

◇

脱力していた。

橘《たちばな》さんが俺を抱きしめながら、頭をなで、愛おしそうに俺の汗を舐《な》めてくれる。

早坂《はやさか》さんは呆然《ぼうぜん》とした表情で虚空《こくう》をみつめていた。

「……やっぱり愛がないよ……私だったらもっと大切に抱いてくれるもん……使われただけだもん……」

橘《たちばな》さんは言葉で返す必要がなかった。

俺の体の下からするりと抜けでると、ただ内ももをみせた。そこには俺と橘《たちばな》さんの混じり合ったものが流れていた。

早坂《はやさか》さんは橘《たちばな》さんにつかみかかった。

マットの上をふたりが転がって、早坂《はやさか》さんが馬乗りになる。

俺が止めようとすると、「いいから」と橘《たちばな》さんが制した。

早坂《はやさか》さんは何度も橘《たちばな》さんをぶった。

「もういいの？」

早坂《はやさか》さんの手が止まったところで、橘《たちばな》さんがいう。

「私、早く司郎《しろう》くんとふたりきりになりたいんだけど」

早坂《はやさか》さんが、がっくりと肩を落とす。

全てが行き着くところに行き着いたと思った。もう他になにも起こらないはずだった。

でも――。

「こんなのおかしいよ」

早坂《はやさか》さんはいう。

「だって、橘《たちばな》さんはよくない女の子だもん。桐島《きりしま》くんを破滅させる女の子だもん」

「させないよ。私、司郎《しろう》くんの気持ちわかるから。望んでること、全部してあげられる」

早坂《はやさか》さんと話すこともうないよ、と橘《たちばな》さんはいう。

「気が済んだならもういって。どうなったか、わかってるんでしょ？」

「わかってるよ、橘《たちばな》さんよりずっとわかってるよ。だからこんなのおかしいって思うんだよ」

早坂《はやさか》さんは俺を一瞥《いちべつ》して、いう。

「ごめんね桐島《きりしま》くん、約束守れそうにないや」

よせ、と思うが早坂《はやさか》さんは止まらない。

「橘《たちばな》さん、桐島《きりしま》くんのこと好き？」

「当たり前だよ」

「桐島《きりしま》くんのこと傷つけたりしない？」

「するわけないよ。私、好きな人には尽くしたいもん」

「そうだよね、橘《たちばな》さんはそういうつもりだよね。そういう自分になりたがってるよね。でも、もし傷つけちゃったらどう？　自分を許せなくなる？」

「そうだね。でもそんなこと絶対しない」

「もうしたよ。橘《たちばな》さん、東京駅で桐島《きりしま》くんが階段から落ちたときのこと覚えてる？」

「え？　それは……」

「覚えてないよね。だって都合のわるいこと、記憶から消しちゃったもんね。橘《たちばな》さん、壊れちゃったもんね」

「あれ、橘《たちばな》さんが突き落としたんだよ、階段から」

◇

あの日、俺は橘《たちばな》さんと早坂《はやさか》さんの言い合いを止めようとあいだに入った。早坂《はやさか》さんをかばう格好になってしまって、橘《たちばな》さんは激昂《げきこう》した。初めて同士なのに、もうしたのに。そして、両手で俺を突き落としたのだ。

それが、俺が浜波《はまなみ》にいわなかった真実。

橘《たちばな》さんのお母さん、玲《れい》さんが入院費を負担した理由。

国見《くにみ》さんは、壊れちゃった女の子には真実を告げないほうがいいといった。

壊れちゃった女の子は、橘《たちばな》さんだったのだ。

◇

「いうつもりなかったよ。だって桐島《きりしま》くんと約束したもん。記憶から消したいくらいのことなんだもん」

でもさ、と早坂《はやさか》さんはいう。

「これはちがうよ。だって、桐島《きりしま》くん全然選んでないもん。橘《たちばな》さんがかわいそうな女の子だから、壊れちゃった女の子だから、そっちにいこうとしてるだけなんだもん」

今度は橘《たちばな》さんが呆然《ぼうぜん》としていた。

「桐島《きりしま》くんが橘《たちばな》さんとの待ち合わせにいけなかったのだって、その怪我《けが》が原因なんだよ」

早坂《はやさか》さんはこんなことといいたくないのだろう。でも泣きながらいってしまう。

「桐島《きりしま》くん、そういうこと全部黙ったまま、橘《たちばな》さんのそばにいるつもりなんだよ。壊れちゃってるから、心配だから！　橘《たちばな》さん、全然桐島《きりしま》くんのこと考えてないよ。だって、桐島《きりしま》くん、まだ病院通ってるんだよ？　全部、橘《たちばな》さんのせいなんだよ！」

早坂《はやさか》さんはいい終えたあとで、顔を覆って静かに泣いた。

橘《たちばな》さんはしばらく視線を宙にさまよわせて——。

頭を抱えて長い悲鳴をあげた。

◇

わたし、二番目の彼女でいいから。

そういって指を二本立てていた早坂《はやさか》さん。

手をつないだり抱きついたりするのが好きで、すぐにくっつきたがる女の子。

お菓子をぱくぱく食べるところも、レイトショーでは寝てしまうところも、全部好きだった。

俺は早坂《はやさか》さんの笑顔がみたいと思う。

でも今、早坂《はやさか》さんは深く傷ついて、顔を覆って泣いている。

クールな顔をして、実は恋愛キッズだった橘《たちばな》さん。

彼女の弾くピアノを壁越しに聴くのが好きだった。

小さな幸せに憧れて、俺の母や妹とも仲良くしていた。

大晦日《おおみそか》、一緒にこたつに入っていたときは、本当に橘《たちばな》さんがお嫁にきたみたいだった。

俺は橘《たちばな》さんのはにかんだところがみたいと思う。

でも今、橘《たちばな》さんは頭を抱えて、悲鳴をあげている。


俺はただ、真正面から認めたかった。それぞれの気持ちや性格、欲といったもの。世間から否定されるようなものでも、価値があるといいたかった。

清楚《せいそ》じゃない早坂《はやさか》さん。

常識なんて気にしない橘《たちばな》さん。

彼女たちをそのまま受け入れて、肯定したかった。

世間の価値観を、自分に、彼女たちに押しつけることだってできた。でも、今そこにある感情をないがしろにしたくなかった。

人を愛するということは、本来、人それぞれの愛しかたの形を持っていて、ひとりとして同じ形であるはずがない。その辺に落ちている物語と同じ形をしているはずがない。

だから俺は、俺たちだけの恋愛の形を探した。

それで、幸せになれると思っていた。

なのに、これはどうだ。

たしかに俺はろくでもない男だ。でも、ふたりを幸せにしたいと本気で願っていた。

どうしてこうなってしまったのだろう。

早坂《はやさか》さんの泣き声と橘《たちばな》さんの悲鳴が耳に響く。

彼女たちに謝りたかった。抱きしめて、頭をなでながら大丈夫だよ、全部俺がわるいからといってあげたかった。

でも、それは同時にしなくてはいけなくて、俺の腕は一組しかなかった。

俺にできることはもう、なにもなかった。

全てが破綻した。

そう、思った。

◇

四月、登校してきてまず掲示板の前にいった。

クラス替えがあったからだ。

どれだけ探しても、ふたりの名前はみつけられなかった。

早坂《はやさか》さんは転校して、橘《たちばな》さんは中退した。

エピローグ

数年後——。

ある大学の構内、数人の学生が会話をしていた。

「あ、桐島《きりしま》くんだ」

「誰それ」

「あそこ歩いてる人」

「あの人知ってる。ほとんど講義にでない、くされ大学生だよね」

「飲み会呼んだらラップして盛り上げてくれるらしいよ」

「宴会要員!?」

「麻雀《マージャン》で人数足りないとき必ずきてくれるんだって」

「やってるね～」

「しかもだいたい負けるらしいよ」

「カモじゃん」

「超安全人物だから、からみやすいってみんないってるよ。女の子とふたりきりになっても、絶対手だしてこなくて、むしろ逃げてくんだって」

「彼女いんの？」

「入学以来ずっといないんじゃないかな。恋愛に拒否反応あるみたいだし。あ、でも最近彼女できたって噂《うわさ》きいた気がするな」

「私それ、知ってるよ」

「ホント？」

「だって、桐島《きりしま》くんと同じクラスだもん。本人からきいた」

「相手誰？　どんな人？　名前は？　学部は？」

「名前なんていってたかな、橘《たちばな》、橘《たちばな》……あ、そうだ、思いだした」

「橘《たちばな》みゆき、高校生だってさ」

五巻に続く

あとがき

読者の皆様こんにちは、作者の西条陽《にしじょうよう》です。

四巻もお読みいただき誠にありがとうございます。あとがきも四回目ですね。三巻に引きつづき、四巻もあとがきに四ページの分量が与えられています。

なぜあとがきが伸びたり縮んだりするかというと、私はよくわかっていないのですが、たしか印刷の関係で、ページ数によっては余りが発生するため、うしろの広告やあとがきで白紙がでないよう調整しているとかいないとか。

そんなわけで三巻と四巻は四ページ分なにかを書かなければいけないわけです。

え？　前置きを長くして尺を稼いでいる？

まさかまさか。小説家とは文の上の講談師、語ってみせますとも、みせますとも。

そうですね、今回のあとがきでは細かすぎて伝わってないであろう部分について語ってみましょう。

二番目彼女では多くの文学作品をサンプリングしています。

わかりやすいところでいくと、一巻の耳元ミステリーですね。横溝正史《よこみぞせいし》先生や舞城王太郎《まいじょうおうたろう》先生のタイトルを使ってゲームをしました。他に、二巻では文化祭のステージで村上春樹《むらかみはるき》先生の『ノルウェイの森』、三巻ではカラオケのくだりで宮沢賢治《みやざわけんじ》先生の『春と修羅』といったところでしょうか。

でも、細かすぎておそらく伝わってないであろう部分もあると思います。

もちろんこれは作者の遊びにすぎないので、伝わらなくていいんですけど、せっかくなので少しだけ紹介します。

私は谷川《たにかわ》俊太郎《しゅんたろう》先生の『生きる』という詩が大好きです。少しだけ引用すると――。

『生きているということ
いま生きているということ
それはミニスカート
それはプラネタリウム
それはヨハン・シュトラウス
それはピカソ
それはアルプス』

というくだりがあるのですが、ここのくだりを構文的にサンプリングしていたりします。

三巻の、「あの頃にバックトゥザフューチャー」で桐島《きりしま》が橘《たちばな》の爪を磨いているシーンです。

指のパーツの美しさに目覚めた桐島《きりしま》が、『爪を磨くということ、それは天国への扉、それはルネッサンス、それは福音――』とやっていたりします。

そんなシーンでサンプリングするな！　と浜波《はまなみ》のツッコミがきこえてきそうですね。

ともあれ、谷川《たにかわ》先生の詩が素晴らしいのは本当なので、読者の皆様も興味が湧かれたら是非チェックしてみてください。

アーティストの不可思議/wonderboyさんがこの詩をベースにした『生きる』という曲を発表されていまして、そちらも感動的なのでおすすめです。

そんな感じで、二番目彼女では作者の遊びがいろいろなところにありますので、お気づきになられましたら、やってんなあ、とちょっとだけニヤリとしていただければ幸いです。

もちろん、基本的に気づかなくて大丈夫です。物語の本筋とは関係ないところでやっているので、桐島《きりしま》たちの物語に没頭していただくのが作者の本懐です。

なんならこの話は、以降、忘れてしまっていいくらいです。

さて、あとがきもいい感じに進行してきたので、締めにかかりましょう。

四巻で高校生編が完結しましたが——このあと、どうなっちゃうんでしょうか？

大学生編はめちゃくちゃ爽やかな青春小説になるかもしれませんし、笑えるラブコメになるかもしれません。なにせ時間的に隔絶しているので、そのあいだになにが起きているかは本人たちしか知らないからです。

いずれにせよ、桐島《きりしま》たちにききながら書き進めていきたいと思います。もちろん、みゆきちゃんや、新しく発生する人間関係における登場人物たちにもです。

読者の皆様におかれましては、肩の力を抜いていただいて大丈夫かと。

新天地で、新しい時間軸で話がはじまるので、人間関係の緊張感はいったんリセットされるはずですので、気楽に五巻をお待ちいただければ幸いです。

それでは謝辞です！

担当編集氏、電撃文庫の皆様、校閲様、デザイナー様、本書にかかわるすべての皆様に感謝致します。

またRe岳《れたけ》先生には四巻の執筆にあたり、格別のご助力を賜りました。ご本人に直接お礼申し上げていますが、もう、本当に、多くのインスピレーションを提供していただいて、めちゃくちゃ助けてもらったことを書き記しておきます。二番目彼女はチームで製作しています！

また、書店員の皆様にもお礼申し上げます！　当方、すごくいい場所に全巻ならべてくださっている書店様をいっぱい観測しております！　本当にありがとうございます！

そして最後に読者の皆様に厚くお礼申し上げます！　読んでくださる皆様のおかげでシリーズをつづけられ、本作を恋愛の九相詩絵巻にする道がみえてきました！

ここまできたら最後まで見届けてくださると幸いです。

二番目彼女を書くということ、それはクラシック、それはジェットコースター、それはカトマンズ、そして読んでいる人を楽しませて楽しませて楽しませるということ。

それでは五巻にて！

大学生編

彼女でいいから。

冬発売予定

わたし、二番目の

第5巻2023年

◉西条陽著作リスト

「世界の果てのランダム・ウォーカー」（電撃文庫）
「世界を愛するランダム・ウォーカー」（同）
「天地の狭間のランダム・ウォーカー」（同）
「わたし、二番目の彼女でいいから。1〜4」（同）

本書に対するご意見、ご感想をお寄せください。

ファンレターあて先
〒102-8177　東京都千代田区富士見2-13-3
電撃文庫編集部
「西　条陽先生」係
「Re岳先生」係

本書は書き下ろしです。

電撃文庫

わたし、二番目《にばんめ》の彼女《かのじょ》でいいから。4

西《にし》 条陽《じょうよう》

◆◇◇

2022年９月10日　初版発行
2022年11月25日　再版発行

発行者　山下直久
発行　株式会社KADOKAWA
〒102-8177　東京都千代田区富士見 2-13-3
0570-002-301（ナビダイヤル）
装丁者　荻窪裕司（META＋MANIERA）
印刷　株式会社 KADOKAWA
製本　株式会社 KADOKAWA

●お問い合わせ
https://www.kadokawa.co.jp/（「お問い合わせ」へお進みください）
※内容によっては、お答えできない場合があります。
※サポートは日本国内のみとさせていただきます。
※ Japanese text only

※定価はカバーに表示してあります。

ISBN978-4-04-914401-7　C0193　Printed in Japan

電撃文庫　https://dengekibunko.jp/

電撃文庫創刊に際して

文庫は、我が国にとどまらず、世界の書籍の流れのなかで〝小さな巨人〟としての地位を築いてきた。古今東西の名著を、廉価で手に入りやすい形で提供してきたからこそ、人は文庫を自分の師として、また青春の想い出として、語りついできたのである。

その源を、文化的にはドイツのレクラム文庫に求めるにせよ、規模の上でイギリスのペンギンブックスに求めるにせよ、いま文庫は知識人の層の多様化に従って、ますますその意義を大きくしていると言ってよい。

文庫出版の意味するものは、激動の現代のみならず将来にわたって、大きくなることはあっても、小さくなることはないだろう。

「電撃文庫」は、そのように多様化した対象に応え、歴史に耐えうる作品を収録するのはもちろん、新しい世紀を迎えるにあたって、既成の枠をこえる新鮮で強烈なアイ・オープナーたりたい。

その特異さ故に、この存在は、かつて文庫がはじめて出版世界に登場したときと、同じ戸惑いを読書人に与えるかもしれない。

しかし、〈Changing Times,Changing Publishing〉時代は変わって、出版も変わる。時を重ねるなかで、精神の糧として、心の一隅を占めるものとして、次なる文化の担い手の若者たちに確かな評価を得られると信じて、ここに「電撃文庫」を出版する。

1993年6月10日
角川歴彦

この△《さんかく》ラブコメは幸せになる義務がある。
[著]榛名千紘
[ILL.]てつぶた
ラブコメ史上、
もっとも幸せな三角関係!
これが三角関係ラブコメの到達点!
平凡な高校生・矢代天馬はクールな
美少女・皇凜華が幼馴染の椿木麗良を
溺愛していることを知る。天馬は二人が
より親密になれるよう手伝うことになるが、
その麗良はナンパから助けてくれた
彼を好きになって……!?
電撃文庫

第28回電撃小説大賞
銀賞
受賞作
愛が、二人を引き裂いた。
BRUNHILD
竜殺しのブリュンヒルド
THE DRAGONSLAYER
東崎惟子
[絵] あおあそ
最新情報は作品特設サイトをCHECK!
https://dengekibunko.jp/special/ryugoroshi_brunhild/
電撃文庫

第28回電撃小説大賞
銀賞
受賞作
MISSION
スキャンして
作品を調査せよ
>>>
ミミクリー・
ガールズ
MIMICRY GIRLS
電撃文庫

第28回
電撃小説大賞
選考委員
奨励賞
電撃文庫

Special Investigation Unit, Criminal Investigation

駒居未鳥 Illust:尾崎ドミノ

アマルガム・ハウンド

捜査局
刑事部特捜班

1

少女は猟犬——
主人を守り敵を討つ。
捜査官と兵器の少女が
凶悪犯罪に挑む!

捜査官の青年・テオが出会った少女・イレブンは、
完璧に人の姿を模した兵器だった。
主人と猟犬となった二人は行動を共にし、
やがて国家を揺るがすテロリストとの戦いに身を投じていく……。

電撃文庫

MONSTER HOLIC
怪物中毒
PICK UP!
超人気作家
三河ごーすと
が贈る原点回帰にして
最新の
ダークファンタジー!
AUTHOR
三河ごーすと
ILLUST
美和野らぐ
怪物以上人間未満の
少年少女たちが
《官製スラム》の夜を駆ける——!
MONSTER HOLIC
電撃文庫